Plus jamais sans toi,
Louna

Sabrina & Yoan BOMBARDE

avec la collaboration
d'Isabelle Dumas-Pelletier

Plus jamais sans toi, Louna

Michel LAFON

118, avenue Achille-Peretti – CS 70024
92521 Neuilly-sur-Seine Cedex
www.michel-lafon.com

À Léo et Louna
À tous ceux qui mènent
le même combat que nous :
ne lâchez rien !

YOAN

– 1 –

Dans la peau d'un bourreau d'enfant…

16 février 2012. J'ai l'impression de me retrouver dans un mauvais film hollywoodien… Il y a bientôt vingt-quatre heures qu'entre deux interrogatoires je regagne une cellule sordide qui sent l'urine et la mort. Depuis hier, sous une lumière blafarde, des policiers survoltés s'acharnent à me faire avouer l'innommable, et moi je m'acharne à nier. Comme toujours, il y a le bon, le colérique, et celui qui ne me laisse pas souffler et me saoule de questions. Sous l'œil rond d'une caméra rivée au plafond, qui enregistre la moindre de mes déclarations et le

moindre de mes faits et gestes, je donne des réponses qui agacent les flics. Évidemment, ce sont celles qu'ils refusent d'entendre...

La veille, les policiers de la brigade des mineurs sont venus tambouriner chez moi dans l'après-midi. Au lieu de m'appeler par l'interphone pour que je déverrouille la porte de l'immeuble, ils ont préféré sonner chez les voisins afin qu'ils déclenchent discrètement l'ouverture. Les flics comptaient sur l'effet de surprise, au cas où j'aurais projeté de m'enfuir... Ils ont gravi les marches quatre à quatre et, arrivés sur le palier, ils ont cogné sèchement à ma porte. J'ai ouvert et aussitôt ils ont lancé : « Brigade des mineurs ! » Ils étaient quatre. Un jeune avec une petite moustache qui se donnait des airs de flic des années 1980. Il devait, comme moi, avoir environ vingt-deux ans et restait en retrait. À n'en pas douter, c'était un « bleu », il débutait dans le métier. À ses côtés, un gros baraqué en blouson de cuir havane, qui roulait des mécaniques, et une femme blonde avec un fort accent slave. Le dernier était plus vieux que les autres, il avait la mine rusée du flic qui a beaucoup roulé sa bosse et ne fait pas de cadeaux. En les voyant investir l'appartement et jeter des regards inquisiteurs dans tous les coins, j'ai senti que la situation allait m'échapper, partir en vrille. Pourtant, c'est sans me brusquer qu'ils m'ont demandé de les suivre. J'ai voulu savoir pour quelle raison ils souhaitaient m'entendre, ils m'ont répondu que c'était au sujet d'une affaire de violences concernant ma fille Louna âgée de trois mois. En revanche, quand j'ai insisté pour qu'ils me précisent si j'allais être placé en garde à vue, ils ont gardé le silence. En me dirigeant vers la porte, j'ai croisé le regard de ma compagne, Sabrina. Il y avait de la détresse dans ses yeux, et j'ai eu le sentiment de lui dire adieu à jamais. La blonde et le baraqué sont restés à ses côtés et j'ai suivi les deux autres. J'ignorais encore que, quelques heures plus tard, Sabrina prendrait le même chemin que moi et se retrouverait elle aussi en garde à vue à l'hôtel de police de Nancy.

La Ford Escort a démarré en souplesse, sans gyrophare ni vitesse excessive. Sans doute pour me mettre en confiance, les flics avaient renoncé à sortir le grand jeu. J'étais à peine monté dans la voiture qu'un des deux policiers, le plus âgé et le plus roublard, m'a demandé d'un ton doucereux :

– Je crois que tu as des choses à nous raconter...

– Qu'est-ce que vous voulez que je vous dise ?

– C'est peut-être ta copine Sabrina qui a fait du mal à votre bébé... Un accident, ça peut arriver...

– Mais c'est pas vrai ! Écoutez, vous êtes complètement à côté de la plaque !

Il m'a regardé en plissant les yeux comme pour mieux me jauger et a laissé échapper dans un souffle :

– Que ça te plaise ou non, tu vas bien être obligé de nous expliquer ce qui s'est passé...

Peut-être parce que j'étais jeune et que les flics cherchaient à m'intimider, dès le début ils m'ont tutoyé. Pas une fois ils ne se sont adressés à moi en me nommant « monsieur Bombarde », pas plus en utilisant mon prénom, Yoan. S'ils m'avaient donné une veste avec un matricule, je suis sûr qu'ils m'auraient appelé par mon numéro. En rentrant dans leurs murs, psychologiquement, j'avais déjà les fers aux pieds... Pendant que la voiture se dirigeait vers l'hôtel de police de Nancy, je réfléchissais à la vitesse grand V. N'importe qui peut être placé en garde à vue pour y être longuement interrogé. Sur les 800 000 personnes qui s'y retrouvent chaque année, la plupart sont relâchées sans poursuites judiciaires – ce qui prouve qu'il n'y a pas que des coupables qui se font arrêter... Et pourtant, pour être mis en garde à vue, il faut être soupçonné d'avoir commis un délit ou un crime passible de prison. Quel délit, quel crime avais-je commis ? Le policier m'avait dit qu'il s'agissait d'une affaire concernant Louna... Notre petite fille, un bébé de trois mois, était à l'hôpital depuis dix-sept jours. Elle y était entrée dans un état critique et les spécialistes avaient multiplié les examens pour identifier, en vain, l'origine du mal. Faute de résultats probants, la voyaient-ils victime d'actes de maltraitance ?

Dès notre arrivée dans leur bureau à l'hôtel de police de Nancy, les policiers m'ont notifié que j'étais placé en garde à vue pour vingt-quatre heures, éventuellement reconductible pour la même durée. Une chape de plomb m'est tombée dessus. J'étais assommé. Comme je voulais en savoir plus, je leur ai demandé le motif de cette garde à vue. Ils ont précisé : « Pour violences sur mineur de moins de quinze ans avec ascendant. » Dans la foulée, ils m'ont indiqué que je pouvais prendre un avocat, voir un médecin et prévenir un membre de ma famille. J'avais l'impression qu'un étau enserrait mes tempes, mon cœur battait à tout rompre. Comme je me sentais vraiment mal, j'ai accepté d'être examiné par un médecin. J'ai souhaité aussi que ma mère soit prévenue puis, naïvement, j'ai expliqué que je n'avais pas besoin d'avocat parce que les avocats c'était pour les coupables, pas pour les innocents. Comme à ce moment-là je croyais encore en la justice, j'étais persuadé que la vérité allait éclater et que cette accusation volerait très vite en éclats. Pour me rassurer, je me répétais en boucle que même si ces policiers étaient la crème des détectives, ils ne pouvaient prouver ce qui ne s'était jamais passé. Et puis, je ne désespérais pas : tôt ou tard, les spécialistes identifieraient la maladie de Louna.

Les flics ont exigé que je retire ma ceinture et les lacets de mes chaussures, au cas où je voudrais m'en servir pour m'évader ou me pendre. Puis un médecin m'a examiné et a décrété – le contraire m'aurait étonné – que mon état était tout à fait compatible avec une garde à vue. Il m'a néanmoins donné un cachet pour me détendre. Aussitôt, les flics ont commencé à m'interroger. Ils ne m'ont pas lâché d'une semelle, me harcelant de questions avant de me laisser brièvement reprendre mon souffle dans une cellule crasseuse.

C'était une petite pièce sans fenêtre, avec des murs gris et ternes, un socle en béton en guise de lit. Pas de matelas ni d'oreiller, mais une couverture puante usée jusqu'à la trame et, donnant sur le couloir où s'alignaient d'autres cages, une grosse vitre en Plexiglas griffée de nombreux graffitis sans doute tracés avec une pièce ou un briquet. L'ensemble était d'une saleté repoussante, et à ce moment-là j'ai pensé : combien d'hommes se sont succédé dans cette geôle moyenâgeuse ? Combien se sont échinés, comme moi, à clamer sans succès leur innocence ?

Depuis que je suis dans leurs locaux, les trois flics ne m'ont pas laissé reprendre mes esprits. À tour de rôle, ils se sont relayés pour me faire avouer l'inavouable. Mes dénégations butées n'ont rien changé. Aucune marque de compassion ou de sympathie : sans doute pensaient-ils qu'un innocent est un coupable qui s'ignore. Cent fois sur le métier, ils ont remis leurs questions, comptant sur ma fatigue et de possibles erreurs ou omissions, pour me prendre en défaut...

– Tu nous avais dit que tu n'étais pas sorti ce jour-là...

– J'ai dû me tromper.

– Ça t'arrive souvent de ne plus te souvenir de ce que tu as fait ?

– Pourquoi vous me demandez ça ?

– Ici, c'est nous qui posons les questions ! Donc, j'en conclus que tu te souviens de ce qui t'arrange...

Malgré leur zèle, l'angoisse qui m'étouffait et de terribles moments de désespoir, je n'ai pas cédé ni varié dans mes dépositions. Leurs accusations étaient aussi fausses qu'horribles et je n'ai pas dû faire preuve de courage pour leur tenir tête. Comment aurais-je pu reconnaître que, même par inadvertance comme ils l'insinuaient, j'avais maltraité Louna, mon bébé de trois mois ? C'était tellement énorme, si révoltant... À chaque fois que j'expliquais que je n'étais pas responsable de l'œdème et de la tache violette qui étaient apparus sur son visage, ni de son état de santé si délabré qu'il avait fallu l'hospitaliser, les policiers revenaient à la charge. Systématiquement, je leur demandais de vérifier si ma fille n'avait pas la même maladie génétique que Sabrina, sa maman : cela aurait tout expliqué. Elle aussi, quand elle est en crise, a des taches qui apparaissent sur sa peau et des œdèmes qui déforment son corps. Je leur ai précisé qu'un œdème n'a rien à voir avec un hématome, que le premier est constitué d'eau qui infiltre les tissus, alors qu'un hématome correspond à un épanchement sanguin et qu'il est très souvent consécutif à un choc. Mais, même si j'y mettais toute ma force de conviction, j'avais l'impression de crier dans le désert. Pourtant, loin de me décourager, j'ai poursuivi ma démonstration en dressant le tableau clinique de l'angiœdème, une maladie potentiellement mortelle si elle n'est pas soignée à temps. J'ai ajouté qu'il se manifestait par accès et que le symptôme le plus visible était la brusque apparition d'œdèmes internes et externes. J'ai précisé qu'il y avait moins de 1 500 cas répertoriés en France, que la majorité des médecins n'avaient jamais entendu parler de cette maladie orpheline et que, par conséquent, ils ignoraient comment l'identifier et la traiter. Quand ils se retrouvaient face à un enfant portant les stigmates de cette maladie, après avoir cherché sans résultat toutes les causes possibles, ils avaient la conviction de se trouver en face d'un cas avéré de maltraitance. Pour les médecins, sans erreur possible, l'enfant avait été roué de coups. C'est exactement de cette façon qu'ils avaient raisonné quand, le 2 février 2012, Louna s'était retrouvée au service des urgences à l'hôpital. Les spécialistes avaient constaté l'ampleur des dégâts, pratiqué un nombre d'examens inimaginable avant d'alerter la police. La seule chose qu'ils n'ont pas faite malgré nos demandes répétées, c'est de pratiquer un test pour vérifier si notre bébé n'était pas porteur de la même maladie que sa mère. Une simple prise de sang aurait suffi...

Tous mes beaux discours n'ont pas convaincu les policiers qui ont repris leur interrogatoire de plus belle, tentant cette fois de jeter le doute dans mon esprit au sujet de Sabrina.

– Si ce n'est toi, c'est donc la mère de la petite qui a fait une connerie…

– C'est fou que vous ne compreniez pas ce que je m'évertue à vous dire, je ne vais pas avouer quelque chose qui n'a pas eu lieu !

– Mais qu'est-ce que tu en sais ? Tu n'étais pas toujours avec elle, Sabrina a très bien pu avoir un geste malheureux. Sans le faire exprès, évidemment, mais quand on est une si jeune maman… D'ailleurs, quel âge a-t-elle exactement ?

Je n'étais pas assez naïf pour imaginer qu'il ne connaissait pas la réponse, mais docilement j'ai répondu :

– Elle a dix-huit ans.

– C'est bien ce que je disais. Quand on est encore une enfant, on ne sait pas bien s'y prendre. Un faux mouvement, et le bébé tombe par terre, c'est vite arrivé…

Subitement conciliant, le policier m'a glissé :

– Je comprends ce qui s'est passé… Vous vous êtes affolés, vous avez emmené la petite chez la pédiatre et, comme ta femme avait honte de sa maladresse, vous avez inventé une histoire. Tu sais, on en voit tous les jours, des affaires comme ça…

Je voyais clair dans la démarche du flic qui m'interrogeait. Mine de rien, il voulait que je balance ma compagne, après ça il lui serait facile d'asséner à Sabrina :

– Ça ne sert à rien de nier, ton copain nous a tout raconté !

Comme je refusais cette version romancée, les flics ont puisé dans les profondeurs de leur imagination pour échafauder tous les scénarios possibles :

– Vous habitez un petit F1, je me doute qu'il doit être encombré. Ta copine donnait le biberon à la petite quand elle a trébuché sur quelque chose qui traînait par terre. Elle a été déséquilibrée et elle a tout lâché...

– Mais comment expliquez-vous que le bébé soit tombé et que la pédiatre, dans un premier temps, puis les médecins de l'hôpital n'aient constaté aucune bosse, aucun hématome ? Une chute, ça laisse des traces, surtout quand le choc provoque une perte de conscience ! Comment est-ce possible qu'il n'y ait aucune fracture, aucun traumatisme ?

Confrontés à cette énigme, les policiers ont décidé de changer de stratégie :

– Alors, c'est peut-être toi qui as eu un geste brutal avec la petite. Parfois, on a des soucis, on est énervé et ça part tout seul. Ce n'est pas par méchanceté, c'est humain, juste un mauvais réflexe. Il n'y a pas de raison de le cacher… Louna sera sans doute placée dans une famille d'accueil le temps que l'affaire se tasse, mais ça sera provisoire. Trois mois plus tard, au maximum six, vous la récupérerez et la vie reprendra comme avant.

Dès qu'ils avaient terminé de formuler ces hypothèses aussi fausses que hasardeuses, les policiers me conjuraient d'avouer dans l'intérêt de tous. Eux, ça leur permettrait de boucler l'affaire et de rentrer chez eux, et moi, de respirer à nouveau l'air de la liberté. À chaque fois, je répétais comme une litanie :

– Nous sommes des parents aimants, jamais nous n'avons fait de mal à Louna ! Comme c'est une jeune maman, Sabrina a quelquefois été un peu dépassée par les événements, mais elle a toujours été attentionnée, elle adore sa petite fille.

Et pour la dixième fois de supplier :

– S'il vous plaît, demandez aux médecins de faire un test… Tout malentendu sera écarté.

Sourds à ma demande, les policiers ont alors échafaudé tous les scénarios possibles. Même s'ils devaient tordre le cou à la logique, ils étaient prêts à tout pour m'arracher des aveux. Mes objections et mes réponses, loin de les convaincre, les ont tellement horripilés qu'ils sont devenus de plus en plus tendus, presque enragés. À un moment, l'un d'entre eux a tapé violemment du poing sur la table : le coup était si brutal que l'ordinateur et le matériel de bureau en ont tremblé. Pour contrebalancer cette manifestation de colère et faire diversion, le jeune m'a proposé un verre d'eau. À l'évidence, l'interrogatoire prenait un tour nouveau : la courtoisie n'était plus de mise. Et à un moment, je me suis demandé s'ils n'allaient pas lever la main sur moi...

J'étais épuisé, déstabilisé. C'était la nuit, mais j'étais désorienté au point de ne même plus savoir quelle heure il pouvait être. J'ai commencé à tourner en rond dans ma cage. Je me suis approché de la vitre en Plexiglas et, afin d'apercevoir ce qui se passait à l'extérieur, je me suis haussé jusqu'à une petite lucarne. Juste à ce moment-là, à l'extrémité du couloir, j'ai entrevu Sabrina enfermée dans une petite cellule semblable à la mienne. Elle se tenait prostrée et elle était livide. Je n'ignorais pas que le stress est un facteur déclenchant des crises qui la secouaient depuis l'enfance. En la regardant, je n'ai eu aucun doute : elle était malade. Comme il y avait des caméras dans les cellules, je me suis abstenu de l'appeler ou de lui faire un signe. Je ne comprenais pas qu'un médecin n'intervienne pas en urgence : elle vomissait sans cesse et semblait si pitoyable... Je me suis dit que si elle n'était pas soignée très vite, malheureusement, elle risquait bien de sortir de cette garde à vue les pieds devant…

Quand la veille, dans l'après-midi, les policiers de la brigade des mineurs s'étaient présentés à notre porte, ils étaient venus avec deux voitures, car ils avaient prévu d'emmener Sabrina en même temps que moi. Ils savaient que Louna, notre bébé, était à l'hôpital et pensaient nous trouver seuls dans l'appartement, ou bien avec un ou plusieurs adultes, ce qui n'aurait pas contrarié leurs plans. Mais les policiers ignoraient qu'en plus du bébé j'avais une fille née d'une précédente union et âgée de deux ans et demi. Lors de ma séparation avec mon ex-compagne, j'avais obtenu la garde alternée de Lysa, et cette intrusion policière tombait juste la semaine où je devais m'en occuper. Nous étions jeudi et il était prévu que je rende la petite à sa maman le samedi. Elle se trouvait donc avec nous dans l'appartement quand les flics ont fait irruption. Pour eux, cette présence changeait tout. Il leur était impossible de laisser une enfant aussi jeune seule dans l'appartement. Ils ont donc décidé que, dans un premier temps, ils me conduiraient à l'hôtel de police et que dès que la mère de Lysa aurait pris en charge sa fille, Sabrina prendrait le même chemin. À leur demande, j'ai téléphoné en catastrophe à mon ex-compagne pour lui expliquer rapidement la situation et lui demander de venir chercher la petite. Le problème, c'est qu'elle n'habitait pas la porte à côté. Et comme elle croyait la récupérer deux jours plus tard, même avec de la bonne volonté, elle ne pouvait pas être là dans l'instant.

Même si Lysa était une enfant très éveillée et précoce au niveau du langage, malgré nos explications elle ne comprenait pas pourquoi elle allait repartir si vite chez sa maman, et surtout ce que voulaient ces policiers. Quand elle s'est rendu compte que je m'apprêtais à partir avec eux, ma poupée aux cheveux blonds et aux yeux rieurs a fondu en larmes. Ça m'a fendu le cœur de voir ses grosses larmes couler sur ses joues et demander à Sabrina entre deux hoquets :

– Pourquoi ils emmènent papa ? Ils vont lui faire du mal ?

Ses pleurs n'ont pas ému les officiers de police, ils ne pensaient qu'à une chose : que sa mère arrive le plus rapidement possible, afin qu'ils aient le champ libre et puissent emmener Sabrina à la brigade. Pourtant, l'un d'entre eux, peut-être plus humain que les autres, a quand même pris la peine de lui répondre :

– Ne t'inquiète pas, nous voulons juste poser des questions à ton papa.

Je ruminais des idées noires quand on m'a prévenu que j'allais subir une expertise psychiatrique. J'ai suivi le policier dans une pièce attenante à ma cellule et fermée à clé. Jamais je n'oublierai le nom et le visage de ce docteur, connu dans toute la région Grand Est pour ses expertises expédiées au pas de charge et pour ses conclusions aussi longues que l'examen était bref.

Le docteur Francis Boquel est entré. Il a décliné son nom et sa fonction puis m'a expliqué être mandaté par le Parquet pour établir mon profil psychiatrique. Je le connaissais de réputation : il était connu pour être expéditif. Dix mois plus tard, en décembre 2012, je lirai dans le journal qu'il a expertisé un garçon de vingt-huit ans qui avait agressé des policiers. Lors de l'audience correctionnelle, dans l'attente de son jugement, le jeune homme s'étranglera avec un bandage posé autour de son poignet suite à une tentative de suicide. Ce n'était pas la première fois qu'il tentait de mettre fin à ses jours. Il avait parlé de ses pulsions suicidaires en expliquant aux juges :

– Je suis schizophrène, j'entends une voix qui me dit de me tuer.

Le docteur Francis Boquel, qui l'avait examiné auparavant, n'a pas cru un instant à cette grave pathologie psychiatrique : il avait conclu que ce garçon était totalement responsable et qu'il n'existait aucune atténuation de sa responsabilité. Le lendemain du procès, le jeune homme est mort : sa dernière tentative a été la bonne, il ne s'est pas raté...

J'étais donc en terrain connu et je ne me faisais aucune illusion sur l'issue de ma confrontation avec le docteur Boquel. Je ne sais si cet expert psychiatre s'était entretenu avec les policiers, s'il connaissait les réponses que je leur avais faites ainsi que le dossier, mais l'entretien fut bref. Il y avait une pendule dans la pièce : entre le moment où il est entré et celui où il est sorti, j'ai noté avec précision que cinq minutes seulement s'étaient écoulées. La première question que m'a posée le docteur Boquel a été directe : il m'a demandé s'il s'était passé quelque chose avec Louna. Comme je l'avais dit aux flics, une fois de plus j'ai répondu que non. Ensuite, il m'a interrogé sur mon enfance, mais sans entrer dans les détails : rien sur ma mère et ma sœur, sur mon géniteur qui m'avait abandonné à la naissance, pas plus sur mon beau-père. Je lui ai simplement dit que j'avais eu une enfance normale et il n'a pas cherché plus loin. Je dois reconnaître que je n'étais pas bavard : il était minuit, j'étais exténué, mais ce n'est pas pour autant que j'étais agressif.

J'avais conscience qu'à la moindre réaction de colère ou d'énervement, mon sort serait scellé. Son rapport n'aurait pas manqué de mentionner que j'étais d'une nature impulsive avec des manifestations de violence que je ne parvenais pas à maîtriser. J'imaginais l'impact d'une expertise aussi négative sur des juges amenés à se prononcer sur un individu accusé de maltraitance sur sa petite fille… Sa troisième question fut tout aussi basique que la première :

– Avez-vous fait du mal à votre bébé ?

Encore une fois, j'ai répondu que jamais je n'avais porté la main sur elle. Et l'entretien s'est arrêté là. Quand plus tard, j'ai pu lire son rapport, le ciel m'est tombé sur la tête ! Il détaillait mon profil sur pas moins de sept pages écrites recto verso. Il en ressortait que j'étais un être froid, un manipulateur à la limite de la perversion, que je n'avais aucun problème psychiatrique : j'étais donc judiciairement responsable et accessible à une sanction pénale. Il ajoutait en outre qu'il était possible que j'aie fait du mal à ma petite fille ! En tournant les feuillets, mes mains tremblaient : je ne pouvais croire ce que je lisais. C'était à vomir ! Comment, en cinq minutes de face-à-face, un psychiatre pouvait-il décréter qu'un homme était un dangereux psychopathe capable des pires méfaits ? Je bouillais de colère, partagé entre un profond désespoir et une envie furieuse de lui jeter son rapport à la tête dès qu'il serait à ma portée.

J'ai appris plus tard que, pendant que je moisissais dans ma geôle, les policiers avaient enfin appelé ma mère qui travaillait chez Leroy Merlin, dans la zone industrielle qui jouxte Nancy. Dès qu'ils l'ont eue au téléphone, ils lui ont dit d'un ton péremptoire :

– Vous quittez tout et vous venez tout de suite !

– Mais je ne peux pas abandonner mon poste comme ça, c'est hors de question. Que se passe-t-il ?

– Vous n'êtes pas au courant ? Votre fils a commis un acte affreux ! Il faut que vous veniez au commissariat, nous devons vous entendre ainsi que votre fille.

Ma sœur Pauline, qui avait à peine dix-huit ans, habitait encore chez ma mère. Comme elle n'avait pas de véhicule, les policiers sont allés la chercher et l'ont emmenée au commissariat pour l'interroger en tant que témoin. Ma mère les a rejoints vers 20 heures. Toutes deux ont confirmé qu'elles avaient passé la soirée à notre domicile la veille de l'hospitalisation de Louna et en étaient parties vers minuit. Les policiers ont voulu savoir ce qu'elles avaient mangé et ce que nous avions regardé tous ensemble à la télé. Ils ont enregistré que c'était une soirée pizza puis ont vérifié leurs dires en cherchant quel programme avait été diffusé ce soir-là. Il y a aussi eu discussion pour déterminer qui avait donné le biberon à Louna. Était-ce Sabrina, ou moi ? Ma mère leur a répondu que depuis quelques jours la petite n'avait pas d'appétit et qu'elle avait pris le relais, espérant réussir à la faire manger. Pauline a confirmé. En posant toutes ces questions apparemment innocentes, les policiers cherchaient à en savoir plus sur le frein de sa langue, partiellement arraché ; mais ils se gardaient bien d'expliquer ce qui motivait leurs investigations. Pour eux, toute réponse n'allant pas dans le sens de la culpabilité ne présentait aucun intérêt. Pour être policier, on n'en est pas moins homme... Je peux comprendre que des enfants martyrs inspirent une profonde pitié aux officiers de police et, conjointement, une répulsion viscérale envers ceux qui ont commis des actes aussi répugnants. Il est logique qu'ils mettent tout en œuvre pour confondre des parents qu'ils considèrent comme des monstres ; mais là, ce n'était plus une enquête, juste un processus de démolition. J'ai même fini par me demander d'où venait leur certitude d'être en face de deux bourreaux d'enfant, et pourquoi nous étions définitivement condamnés avant d'être reconnus coupables. C'est seulement des mois plus tard que j'ai appris pour quelles raisons les policiers s'étaient montrés aussi féroces.

Après avoir entendu ma mère et ma sœur répéter que j'étais un bon papa qui s'occupait très bien de sa petite fille, les policiers les ont autorisées à rentrer chez elle. Mais il leur a été insupportable de constater que les inspecteurs me traitaient comme un criminel, alors qu'ils n'en étaient qu'au début de l'enquête. Leurs investigations auraient dû être impartiales : ils étaient là pour faire toute la lumière sur ce qui était arrivé à Louna, pas pour m'accabler systématiquement. Mais pour eux, je faisais un coupable tout désigné ! Par la suite, nous n'avons pas évoqué cet épisode avec ma mère, ou alors en quelques mots, ce qui prouve à quel point elle a été traumatisée et marquée à jamais. Elle compte sur le temps qui passe pour oublier cet épisode épouvantable. En fait, je crois que l'on n'oublie jamais rien : on s'interdit d'y penser en refoulant le moindre souvenir qui remonte à la surface, c'est tout...

Objectivement, les déclarations de ma mère et de ma sœur m'étaient favorables. Mais comme elles faisaient partie de ma famille proche, en réalité elles ne valaient pas grand-chose. Il était aisé, pour des esprits mal tournés, de prétendre que c'étaient là des témoignages de complaisance… Et j'ignorais alors que, de la même façon, les policiers avaient convoqué la maman de Sabrina ainsi que sa grande sœur. Pour parvenir à leurs fins, au lieu d'attaquer frontalement, ils n'avaient eu de cesse d'instiller le doute dans leur esprit. Pour ne pas les heurter et les mettre en défiance en affirmant que Sabrina était bel et bien coupable des faits reprochés, ils ont fait semblant de plaider sa cause. Leur thèse était simple : si ce n'est elle, c'est donc lui… Sabrina l'ignorait forcément, mais à son insu je m'étais rendu coupable d'un crime atroce. Sous-entendu, j'avais trompé la confiance de ma compagne en lui cachant l'horreur que j'avais commise sur Louna et à cause de moi elle se retrouvait dans de sales draps. C'était donc à sa mère et à sa sœur de prouver son innocence en ne cachant rien, en leur racontant tout. Si elles voulaient la sauver et lui éviter d'être condamnée à tort, elles devaient dire ce qu'elles avaient sur le cœur : même le plus insignifiant détail pouvait valoir son pesant d'or. Le procédé n'avait d'autre but que de nous dresser les uns contre les autres, d'exhumer des rancœurs possibles, des jalousies ou tout du moins des animosités, de façon à provoquer un grand déballage où il leur serait facile de puiser à pleines mains des éléments à charge. Malheureusement pour les flics, la mère et la sœur de Sabrina ont refusé de rentrer dans leur jeu et, une fois encore, ils ont dû supporter l'énumération de mes qualités paternelles.

– 2 –

Violent un jour, violent pour toujours ?

Même si les policiers de la brigade des mineurs auraient fini par apprendre l'existence de ma fille aînée, cette découverte immédiate m'a plongé dans un abîme d'amertume. *Je suis certain qu'ils vont fouiller dans mon passé et se servir de ce qui est arrivé avec la maman de Lysa...* ai-je pensé. J'avais eu avec cette dernière une relation tumultueuse, faite de disputes cinglantes et de réconciliations poussives. Quand elle m'avait annoncé que, sans l'avoir voulu, elle était tombée enceinte, j'avais immédiatement revendiqué la paternité de l'enfant. Pas question de me comporter comme mon géniteur : il avait fui ses responsabilités en tournant les talons sans espoir de retour, refusant de me reconnaître et que je porte son nom. Je ne peux pas dire qu'il m'ait manqué : j'étais tout bébé au moment de son départ et mon beau-père, entré dans ma vie quand j'avais trois ans, l'a avantageusement remplacé. Mais il n'empêche : du plus loin que je me souvienne, j'ai toujours eu le fantasme d'une grande famille avec de nombreux enfants réunis autour de la table. Pour moi, un bébé était un cadeau du ciel, un cadeau qui ne se refusait pas. Alors nous nous sommes mis en ménage, avec la maman de Lysa. Si ma petite fille me comblait, je ne pouvais pas en dire autant de la relation que j'entretenais avec sa mère. Au fil du temps, nos affrontements ont dégénéré, devenant paroxystiques. Bien qu'elle ait vingt-quatre ans, donc cinq ans de plus que moi, peut-être était-elle trop jeune ou trop fantasque pour assumer sereinement un quotidien partagé entre son bébé et son compagnon. Comme la fidélité n'était pas son fort, elle a commencé à découcher, me laissant la petite sur les bras, désertant la maison, une fois même pendant trois semaines. À chaque fois, son retour donnait lieu à des explications explosives et à une surenchère de décibels. Fragile psychologiquement et prompte à s'enflammer, dès qu'elle était en colère, elle cassait tout ce qui lui tombait sous la main. C'est moi qui me chargeais de toutes les tâches quotidiennes : je faisais le ménage, les courses, la cuisine... Mais si le plat ne lui plaisait pas, elle renversait la poêle et tout son contenu par terre. Un jour, alors que je venais de finir de ranger, elle a pris une bouteille d'huile et l'a vidée entièrement sur le sol. Elle a même profité d'un moment d'inattention de ma part pour me brûler le bras au troisième degré, avec une cuillère qui trempait dans de l'eau bouillante.

Je ne m'étendrai pas sur ces manifestations que certains qualifieraient d'hystériques – et que je me contenterais de déplorer. À l'époque, j'étais très jeune, puisque je n'avais pas dix-neuf ans, et plutôt vif. Le soir où je l'ai surprise, son portable dans les mains, à consulter un site de rencontres, j'ai explosé. Je lui ai dit vertement ma façon de penser : le ton est monté, elle s'est jetée sur moi et m'a mordu au sang le bras et le dos. Elle ne voulait pas me lâcher. Alors, pour m'en débarrasser, je l'ai attrapée par les cheveux en hurlant que j'allais porter plainte, mais à aucun moment je ne l'ai giflée ou frappée.

Cette fois, la coupe était pleine : je me suis immédiatement rendu chez un docteur qui a constaté les morsures puis rédigé un certificat où il indiquait me donner quatre jours d'interruption temporaire de travail (ITT). Elle, c'est un médecin qui travaillait dans le même cabinet que son père qui a rédigé le sien : il faisait état d'un léger hématome à la tête qui nécessitait deux jours d'arrêt. Qu'aurait-il pu faire d'autre ? Il n'allait quand même pas certifier qu'elle n'avait rien du tout...

Nous avons tous les deux porté plainte l'un contre l'autre. Dans les jours qui ont suivi, nous avons été convoqués par les gendarmes qui nous ont entendus chacun de son côté. C'était une petite brigade, et ils connaissaient bien la mère de Lysa : en effet, chaque fois qu'une dispute tournait au pugilat, elle avait pris l'habitude de les appeler en renfort. Ils en avaient par-dessus la tête d'être obligés de se déplacer pour tenter de nous calmer et de la raisonner.

Au moment où les gendarmes ont constaté que j'avais en effet une forte brûlure en forme de cuillère sur l'avant-bras, j'ai entendu l'un de leurs collègues qui s'exclamait d'une voix forte :

– Maintenant, madame, il faut que vous arrêtiez de vous moquer de moi !

Il interrogeait la mère de ma fille dans le bureau voisin et semblait très énervé. Il a même été jusqu'à examiner son téléphone portable pour établir la preuve qu'elle était une femme volage. Il a inscrit au procès-verbal que son téléphone contenait des photos d'hommes particulièrement osées. Aller aussi loin pour une affaire de dispute conjugale, cela prouvait à quel point le comportement colérique de mon ex-compagne excédait les gendarmes.

C'en était trop. Un an et demi que nous étions ensemble, et notre relation était devenue si conflictuelle qu'elle n'était plus vivable. Il était temps de passer à autre chose. Suite à nos plaintes, nous nous sommes retrouvés tous les deux devant une juge pour violences réciproques. Nous avions accepté le « plaider coupable », c'est-à-dire que nous reconnaissions les faits, ce qui nous évitait un procès en correctionnelle. À l'époque, j'allais présenter le concours de pompier professionnel – que d'ailleurs je n'ai pas réussi parce qu'il y avait très peu d'élus, que je n'étais pas pistonné et qu'en plus je n'étais pas le meilleur des candidats… J'ai raté les épreuves écrites, alors que j'avais réussi haut la main les exercices pratiques. Quand j'ai comparu devant la juge, il m'importait donc de ne pas me voir infliger une peine qui figurerait sur mon casier judiciaire : en effet, pour devenir pompier, il faut avoir un casier vierge de toute condamnation. J'ai pris un mois de prison avec sursis, avec non-inscription au casier. Mon ex-compagne, elle, a été sanctionnée plus légèrement : un simple rappel à la loi, afin qu'elle comprenne bien que sa façon de m'agresser était illégale, et une médiation judiciaire pénale – donc l'obligation de comparaître devant un représentant du procureur pour tenter de trouver une solution à notre conflit. Mon ex-compagne et moi avons continué notre chemin chacun de son côté, nous fréquentant le moins possible, juste quand l'intérêt de notre fille l'exigeait. Nos relations ne s'étaient pas vraiment améliorées pour autant, mais quand les policiers lui ont demandé si j'avais été brutal avec Lysa, elle s'est récriée que ça n'était jamais arrivé et que j'étais très doux avec elle. Même ses parents qui, logiquement, avaient pris parti pour leur fille, ont corroboré ses dires.

J'étais étonné que les officiers de police qui m'interrogeaient ne fassent pas référence à cette condamnation. Ils en avaient forcément eu connaissance, mais la non-inscription au casier judiciaire les a peut-être empêchés d'en tirer parti. Si ça n'avait pas été le cas, et même si des violences réciproques entre adultes et des actes de maltraitance envers un enfant ne sont pas comparables, ils auraient martelé que, quand on a été violent un jour, on le reste pour toujours. En revanche, persuadés qu'elle ignorait cet épisode peu reluisant de mon existence, les policiers en ont parlé à Sabrina : elle leur a répondu que je lui avais tout raconté dès le début de notre relation. Ils ont dû regretter ma franchise : si je le lui avais caché, il leur aurait été facile de démontrer que je ne lui disais pas tout, donc que j'avais très bien pu faire de même concernant des violences envers Louna...

– 3 –

Le chemin de croix

À chaque fois que je me retrouve devant les flics, je leur pose les mêmes questions : « Pourquoi ne demandez-vous pas qu'on pratique un test de dépistage sur Louna ? » Et : « Quand est-ce que je sors ? »

Franchir les portes du lourd édifice en béton de l'hôtel de police et retrouver la liberté, je ne pense qu'à ça. C'est devenu une obsession, un instinct animal, je n'aspire plus qu'à une chose : être débarrassé de ces hommes qui me harcèlent de questions, quitter à jamais ce lieu glauque où je croupis depuis ce qui me semble une éternité, courir droit devant pour mettre le plus de distance possible entre moi et cet enfer. Mais les policiers se gardent bien de répondre à mes suppliques.

Brusquement, trois flics pénètrent dans ma cellule. Ce ne sont pas ceux de la brigade des mineurs : ceux-là sont en uniforme et affichent des mines fermées. Je ne m'attendais pas à ce qu'ils me sourient en m'appelant par mon prénom, mais leur extrême froideur me surprend. Je pense qu'ils ont dû être mis au courant des accusations qui pèsent sur moi, donc ils n'ont aucune envie de prendre des gants avec un individu de mon espèce. Sur un ton sans réplique, l'un d'entre d'eux me lance :

– Tournez-vous et mettez les mains dans le dos !

– Pour quoi faire ?

– C'est la procédure, c'est obligatoire !

Je rejette mes épaules en arrière et aussitôt j'entends le claquement des menottes se refermant sur mes poignets, le froid du métal sur ma peau. En cet instant, toute ma vie passée bascule : j'ai le sentiment d'être un animal tombé dans un piège, l'impression affreuse de me retrouver dans la peau d'un criminel. Mais que redoutent-ils pour m'entraver de la sorte ? Que je leur saute dessus avant de m'enfuir en courant à toutes jambes ?

On me prévient que je vais être déféré au Parquet où m'attend le substitut du procureur. C'est lui qui va décider de mon sort. Dans le couloir, je lance un regard en direction de la cellule de Sabrina et je vois qu'elle aussi est menottée et entourée de flics. Un instant, j'ai l'espoir que nous soyons réunis dans la même voiture pour faire ensemble le chemin qui sépare l'hôtel de police du tribunal de grande instance... mais je comprends vite mon erreur.

Les policiers chargés de mon transfert sont trois : deux hommes et une fliquette. Peut-être parce qu'elle pense que je n'ai pas la tête de l'emploi, que je ne ressemble pas à un bourreau d'enfant, elle me dit aimablement :

– Je suis désolée, on a été obligés de vous menotter, nous n'avions pas le choix, on nous a demandé de le faire.

À cause de mes mains attachées dans le dos, je dois me contorsionner pour m'asseoir dans leur Renault Scénic barrée d'une sérigraphie POLICE en gros caractères. Le gyrophare tourne à toute vitesse, éclaboussant les rues de taches bleues, et l'avertisseur deux tons fait un vacarme assourdissant. Sirène hurlante, nous traversons Nancy et fonçons vers le palais de justice. La voiture roule à un train d'enfer, brûlant les feux rouges et empruntant les sens interdits. À chaque virage sur l'aile, à chaque cahot, je me tortille sur la banquette pour garder mon équilibre et ne pas être projeté contre la petite fliquette assise à côté de moi. J'ai l'impression d'être prisonnier de mon corps, mon esprit est vide. Je ne pense à rien, je ne suis plus rien.

La voiture stoppe brutalement devant le tribunal de grande instance. Nous sommes en plein après-midi et comme ce TGI traite la majorité des affaires du département et que le tribunal de commerce se trouve juste à côté, il y a une foule compacte sur l'esplanade. Entre ceux qui, convocation en main, attendent le début de leur audience, ceux qui viennent entendre la décision rendue dans leur affaire et les passants qui se hâtent pour éviter l'averse qui commence à tomber, ça fait du monde ! De l'endroit où nous sommes garés, une allée de 400 mètres nous sépare de l'enceinte de justice. Quand je vois que l'un des policiers s'apprête à ouvrir la portière, je m'exclame :

– Attendez, on ne peut pas passer par-derrière ? Je suis menotté…

Je sais très bien que c'est possible : les types dangereux et les gangsters, les flics ne prennent pas le risque de leur faire traverser la foule ; mais les policiers me répondent qu'il n'en est pas question. Ils fixent une petite laisse en cuir à mes menottes et me tirent par cette longe à l'extérieur du véhicule. Un flic marche en tête tandis que les deux autres m'encadrent étroitement. Nous commençons à avancer. Il y a au moins cinquante personnes qui me dévisagent. Je viens de passer vingt-quatre heures dans une cellule pourrie sans avoir la possibilité de me laver et je suis sale, sale dans tous les sens du terme. Je sens le poids des regards : les furtifs qui ne s'attardent pas au cas où il y aurait du danger, les insistants qui me scrutent comme s'ils voulaient graver mon visage dans leur mémoire, les haineux prêts à m'envoyer sans autre forme de procès à la potence, les indifférents qui pressent le pas. Incapable de supporter cette épreuve, je baisse la tête et je suis mes gardiens, les yeux rivés au sol.

Ce qui me dérange le plus, c'est qu'à l'époque j'étais disc-jockey dans l'une des plus grandes discothèques de Nancy et dans d'autres, plus modestes, mais très fréquentées elles aussi. Je n'étais pas David Guetta, mais je jouissais d'une petite notoriété régionale. Il me semblait possible que, parmi tous ces gens que je croisais, il y en ait qui me reconnaissent. D'ailleurs, j'ai toujours pensé que si la fliquette avait été la seule à se montrer aimable avec moi, c'est parce qu'elle devait être cliente d'un établissement où je me produisais et que, m'ayant rencontré dans un autre contexte, elle avait une vision moins partiale que ses collègues.

Je redoutais tellement d'être identifié par des passants que je ne parvenais plus à me raisonner, à me dire que je n'avais pas à avoir honte puisque j'étais victime d'une erreur judiciaire. J'ai pensé : *Ils vont être persuadés que je suis un criminel pour être traîné ainsi comme une bête...*

Ce chemin de croix m'a semblé interminable. Enfin, arrivés dans l'immense hall du tribunal de grande instance, nous nous sommes dirigés vers l'ascenseur. Deux avocats en sortaient au même moment et ils m'ont regardé d'un air un peu surpris. Peut-être ne correspondais-je pas aux repris de justice qu'ils avaient l'habitude de croiser... Arrivés au deuxième étage, les policiers m'ont fait entrer dans une petite pièce à côté du bureau du substitut du procureur : c'était une salle d'archives, débordante de paperasses, une sorte de cagibi poussiéreux sans chaise ni rien d'autre pour s'asseoir. Debout à côté de mes gardiens, je me suis demandé à quelle sauce j'allais être mangé. Une chose était sûre : si on m'en donnait la possibilité, j'avais l'intention de me battre pied à pied, de répondre aux accusations, de prouver ma bonne foi. Je ne me faisais pourtant pas d'illusions : quelque chose me disait que, finalement, ma garde à vue serait reconduite ou, pire, que le substitut allait m'envoyer directement en prison.

Il est environ 16 heures quand les policiers me demandent de les suivre. Avec la déférence due à un supérieur hiérarchique, ils ouvrent avec précaution la porte du bureau du substitut. Derrière une grande table encombrée d'une montagne de dossiers, j'aperçois un homme un peu pète-sec, avec des petites lunettes rondes vissées sur le nez et des cheveux poivre et sel. En attendant qu'il cesse de feuilleter ses notes et m'adresse la parole, je fixe du regard une somptueuse tapisserie ancienne suspendue juste derrière lui. La grande pièce où officie le substitut semble figée dans le temps. Bibelots, tentures, tapis : tous portent la patine d'une époque révolue. S'il n'y avait la lumière que diffusent de larges baies vitrées et la présence d'un grand bureau en acajou de style moderne, on se croirait dans la demeure tout en dorures d'un notable du début du XXe siècle. Surpris par ce décor anachronique et tout à mon observation, je ne remarque pas tout de suite qu'un policier m'indique une chaise et attend que je m'asseye. Le substitut du procureur l'arrête sèchement :

– Non, il ne s'assied pas ! Il n'y en a pas pour longtemps, qu'il reste debout. Pas nécessaire non plus de lui retirer les menottes.

Sans prendre la peine de me dire bonjour ou de se lever, bien calé dans son beau fauteuil aux larges accoudoirs en cuir noir, le substitut me toise, les bras fermement croisés sur la poitrine, avant de me lancer :

– Tu vas me dire ce que tu as à me dire !

– Je pense que vous avez lu les procès-verbaux d'interrogatoire. J'ai été clair, je ne peux pas vous dire ce que vous avez envie d'entendre : il ne s'est rien passé.

– Ah, tu le prends comme ça...

– Je ne vais quand même pas inventer ce qui n'a pas existé !

– D'accord, c'est reparti pour vingt-quatre heures de garde à vue ! Ça te fera peut-être réfléchir !

Sous l'œil attentif de sa greffière, le substitut se tourne vers les policiers et, sur un ton sans réplique, aboie :

– Vous pouvez y aller !

Comme il n'est pas question que je change ma version des faits pendant les prochaines vingt-quatre heures, je suis persuadé que je vais finir en détention provisoire. Pour moi, ce n'est pas une hypothèse, mais une fatalité. À voir comment le substitut vient de me traiter, il n'y a aucune raison qu'il m'épargne. Tôt ou tard, je vais échouer à la prison de Nancy. Pourtant, excepté l'expertise du psychiatre qui ne joue pas en ma faveur, il n'y a aucun élément à charge dans mon dossier : pas d'aveux, pas de témoignages ambigus, pas de contradictions entre la déposition de Sabrina et la mienne, pas de faits matériels. Ou plutôt, si : un seul, mais suffisamment tendancieux pour prêter à suspicion.

Quand Louna avait été hospitalisée, les médecins l'avaient immédiatement plongée dans un coma artificiel pour pratiquer des examens invasifs et lui éviter toute souffrance. Pour assurer sa respiration, elle avait été intubée : cela signifie qu'un tube avait été introduit dans sa trachée pour permettre, entre autres, la ventilation de ses poumons. Dès son admission, Louna avait été examinée sous toutes les coutures et les médecins n'avaient rien constaté de notable : aucun signalement particulier ne figurait alors dans son dossier. Pourtant, au bout de deux semaines, quand elle a été sortie de son coma et que l'anesthésiste a retiré le dispositif placé dans sa gorge, il a remarqué que le frein de sa langue était déchiré. Le professeur m'a demandé pourquoi ce petit morceau de chair qui retient la langue était endommagé. Je n'en savais rien du tout, mais, me souvenant de ma formation de secouriste, je lui ai répondu que ce genre de complication arrivait parfois quand un patient était extubé – c'est-à-dire au moment où on extrayait le tube. Le professeur n'a pas commenté ma suggestion, mais il a dû signaler le problème aux policiers, car ils m'ont longuement interrogé à ce sujet. Ils ont sous-entendu que Sabrina ou moi-même avions peut-être introduit brutalement un biberon dans la bouche de Louna. C'est si fragile, la bouche d'un bébé de trois mois... Nous nous sommes récriés que ce n'était pas le cas, mais cet élément imprévisible, même s'il était dû à une maladresse du corps médical, pouvait très bien nous être reproché...

– 4 –

Retour à la case départ

Nous avons fait le chemin inverse, de nouveau sirène hurlante. Arrivés à l'hôtel de police, les flics qui m'escortaient m'ont remis entre les mains de ceux qui m'avaient interrogé jusque-là. J'étais lessivé et, si je n'avais pas manqué de m'hydrater, depuis la veille je n'avais avalé que quelques pâtes insipides et des lambeaux de poulet d'origine indéterminée. C'était la fin de la journée et, encore une fois, on m'a lu mes droits. Je n'ai pas voulu revoir le médecin : pour ce que ça avait servi la première fois, il me semblait inutile de récidiver. En revanche, j'ai demandé à avoir un avocat commis d'office. J'avais constaté lors de la première garde à vue que certains procédés des policiers n'étaient pas légaux ; et si l'envie leur prenait de recommencer, je me sentais trop fragile pour contester. Mais ce n'était pas la seule raison qui me poussait à être assisté. Les trois flics avaient les nerfs à fleur de peau, je les agaçais, car j'étais un sale menteur – du moins, ils en étaient persuadés. Je pressentais qu'ils allaient « mettre le paquet » pour que je commette un faux pas… et cela a bien failli se produire. Comme je m'en doutais, une fois de plus l'inspecteur a mis l'accent sur le mauvais état du frein de la langue de Louna, supputant que c'était peut-être une faute involontaire de Sabrina. J'ai rugi :

– Mais comment voulez-vous causer cette blessure avec une tétine en caoutchouc sans que ce soit volontaire ?

– C'est à toi de nous le dire…

J'ai explosé :

– C'est du sadisme, ce que vous évoquez là ! Vous savez ce que ça signifie, arracher le frein de la langue ? C'est pas anodin, il faut y aller fort !

Hors de moi, j'ai donné un énorme coup de poing sur le bureau en ferraille de l'inspecteur. Ses stylos et ses feuilles ont volé, et le bruit a résonné dans tout le service. Les autres flics ont dû penser que j'étais sur le point de lui sauter à la gorge, ils sont sortis en trombe dans les couloirs et se sont rués sur moi. Là, je me suis dit : *Il faut que je me calme, sinon ils vont me tomber dessus et je vais vraiment dérouiller.*

Un peu plus tard, les policiers m'ont remis les menottes sans ménagement et j'ai appris que je devais être présent lors de la perquisition à mon domicile. Avec ma compagne, nous habitions alors un petit appartement à Saint-Max, une agglomération d'environ dix mille habitants à la périphérie de Nancy. Dès que j'ai été dans le couloir où s'alignaient les cellules, j'ai scruté celle où était enfermée Sabrina. Quand je suis arrivé à sa hauteur, je l'ai aperçue. La pauvre se sentait si mal qu'elle en était transparente. Pour la réconforter, je lui ai glissé : « Je t'aime. » Elle m'a répondu avec un sourire triste : « Moi aussi. » Les policiers ont tout de suite remarqué que nous nous étions parlé, mais ils ignoraient ce qu'on avait pu se dire. Ils étaient convaincus que nous avions communiqué au sujet de la garde à vue et que nous avions profité de l'occasion pour nous mettre d'accord sur un point sensible. Ils ont même affirmé que Sabrina savait lire sur les lèvres : cela lui avait permis de décrypter mon message, alors qu'eux n'avaient rien entendu.

Comme des caméras enregistraient tout ce qui se passait dans les cellules et dans le couloir, les flics ont visionné plusieurs fois les bandes pour tenter de déchiffrer nos paroles. Cela prouve à quel point ils étaient certains de notre culpabilité. À ce stade, si tant est qu'ils en aient tenu compte auparavant, il n'y avait plus pour eux de présomption d'innocence, mais la certitude de notre culpabilité.

L'avantage d'une voiture de police, c'est qu'elle est prioritaire et ne s'embarrasse pas des interdictions. Nous avons donc de nouveau roulé à tombeau ouvert, traversé la Meurthe, le fleuve qui sépare Nancy de Saint-Max, et sommes arrivés à destination en un temps record. À côté de l'immeuble où j'habitais, il y avait une petite maison mitoyenne. Juste au moment où je descendais de voiture, la voisine sortait de chez elle. En me voyant menottes aux poignets, elle a eu l'air stupéfaite et est restée complètement abasourdie. Comme je suis un garçon poli, je lui disais bonjour chaque fois que je la croisais et elle me considérait comme un jeune homme sympathique, ne manquant aucune occasion de faire la fête, mais en aucun cas comme un bandit. Ma voisine a détourné les yeux et poursuivi son chemin sans un mot, mais elle n'en pensait sans doute pas moins.

Plus jamais elle ne me saluerait ni ne m'adresserait la parole. Quand on est soupçonné d'avoir frappé une petite fille, et même si c'est faux, la rumeur se répand comme une traînée de poudre et on devient très vite un paria.

Dans notre petit immeuble, nous étions les seuls à disposer d'un jardinet. Comme il était resté en friche, n'ayant jamais été entretenu, j'avais décidé de le remettre en état avec l'aide de mes beaux-parents. Nous avions taillé les haies, installé des parterres de fleurs : il était devenu méconnaissable. Sans doute en représailles, le voisin du quatrième et dernier étage, s'est amusé à y jeter la litière de ses chats et le contenu de ses cendriers pleins de mégots.

J'avais quatorze ans quand je m'étais installé à Saint-Max et, dès le départ, j'avais beaucoup participé à la vie associative de la commune. J'étais donc connu et ça n'a pas aidé : pas question pour moi de circuler incognito. Dorénavant, aller au supermarché avec Sabrina était devenu une épreuve. Les gens nous dévisageaient, chuchotaient entre eux et s'écartaient sur notre passage. Ce climat hostile étant intenable, nous avons décidé de déménager. Nous ne savions pas encore quand ni où nous irions, mais même si nous parvenions à prouver notre innocence, l'exclusion resterait irréversible. « Il n'y a pas de fumée sans feu » : voilà ce que pensaient les gens. Nous n'avons pas eu besoin d'attendre longtemps… En mai 2012, une pluie diluvienne s'est abattue sur la ville, provoquant des coulées de boue qui ont tout saccagé sur leur passage. Ce torrent saumâtre, encombré de débris, renversait les voitures, s'insinuait irrésistiblement dans les caves et les parkings. Rien ni personne ne pouvait stopper cette marée dont le niveau montait irrésistiblement. Si nous avions eu un appartement en étage, nous aurions été épargnés ; mais comme nous étions à l'entresol, nous avons tout perdu. Sur le plan matériel, c'était une catastrophe, mais c'était aussi l'occasion de mettre la clé sous la porte et de déménager. L'atmosphère était devenue trop pesante.

*****

Dans l'appartement, les policiers ont tout fouillé du sol au plafond, retournant les matelas, vidant le contenu des placards et du réfrigérateur, examinant à la loupe les vêtements dans la penderie et mes pochettes de disques. Ils ont même vérifié la date de péremption de chaque produit qui s'y trouvait, au cas où nous aurions donné des aliments avariés à Lysa et à Louna. Ils étaient déchaînés : je les sentais prêts à tout pour trouver une preuve, ou tout au moins un indice, n'importe lequel pourvu qu'il me fasse plonger. En les voyant s'agiter, j'ai pensé : *De toute façon, je n'ai pas à me faire d'illusions. Ces gens-là ne veulent qu'une chose, me voir finir en prison.*

Au cas où, les flics ont perquisitionné toutes les caves pour vérifier que je ne cachais pas des armes ou de la drogue. À chaque fois, ils prenaient des photos des lieux qu'ils venaient d'inspecter, des tonnes de photos qu'ils ont toutes versées au dossier. C'était interminable, et j'en avais assez d'être debout : alors, à un moment, je me suis assis sur notre canapé clic-clac. En un éclair, pensant que j'avais peut-être caché un revolver dans le renfoncement du canapé, les deux flics m'ont sauté dessus pour me neutraliser. Ils n'arrivaient pas à mettre la main sur le moindre élément matériel, ce qui les préoccupait et décuplait leur mauvaise humeur. À un moment, pourtant, ils ont enfin affiché un large sourire : je dirais même que je n'ai jamais vu des flics aussi heureux. En fouinant dans tous les coins, ils ont déniché un transat pour bébé, un petit siège assez profond où on installait Louna quand on la sortait de son berceau. Le flic me l'a brandi sous le nez comme s'il venait de faire une découverte majeure :

– Vous ne remarquez rien ?

– Non, on se sert de ce transat pour bercer la petite, je ne vois pas où est le problème...

– Vous n'avez pas remarqué ? La sangle qui sert d'attache est cassée !

– C'est possible, ça peut arriver, mais Louna ne risque pas de tomber, on pose ce transat sur le sol, jamais en hauteur. En plus, il est profond et elle se retrouve comme dans une poche, elle est bien calée.

– Vous êtes conscient d'avoir fait preuve d'une négligence dramatique ?

Là, il commençait sérieusement à m'énerver. En haussant la voix, j'ai répliqué :

– Vous avez trouvé un transat avec une attache défectueuse, c'est quand même pas catastrophique ! Quand vous contrôlez des malheureuses dans la rue qui mendient avec leur bébé, vous leur demandez avec quoi elles le transportent ?

Les flics se moquaient pas mal de mon mouvement d'humeur. Ils ne revenaient pas bredouilles, ils jubilaient.

Entre-temps, mon avocate s'était présentée dans les locaux de la brigade des mineurs. Maître Odile Laumônier, une femme d'une cinquantaine d'années, m'a toujours parlé sur un ton neutre, sans sympathie particulière mais sans hostilité non plus. Lors de l'entretien que nous avons eu en privé, elle m'a expliqué pourquoi le dossier qu'elle avait consulté était vide, mais elle ne m'a pas pour autant donné de raisons d'espérer. En réalité, elle arrivait un peu comme un cheveu sur la soupe : son rôle ne consistait pas à jouer les consolatrices, mais à servir de garde-fou, à veiller à ce que le droit soit respecté. Je n'avais pas exigé un avocat pour chercher du réconfort, mais pour surveiller des interrogatoires qui frôlaient l'illégalité quand ils n'étaient pas carrément hors la loi. Quand on est assommé de fatigue et de questions, que l'on manque de sommeil et de nourriture, on n'a pas toujours l'énergie suffisante pour faire remarquer aux policiers l'illégalité de leurs pratiques. Parfois même, on est tellement abruti que l'on ne voit pas où est le problème.

Au début d'une garde à vue, on procède à un inventaire des affaires personnelles qu'il est interdit de conserver avec soi, et en particulier le mobile. Alors que j'étais en plein interrogatoire, un inspecteur est allé récupérer le mien, m'a demandé de le déverrouiller et de rentrer mon code afin qu'il puisse accéder à son contenu. Au lieu de m'y opposer, j'ai obéi. Pourquoi ai-je obtempéré si facilement ? Pour la police, l'atout majeur d'une garde à vue qui s'éternise, c'est la perte de lucidité de celle ou celui qui est sur la sellette. Au fil des heures, la tension laisse place à de la lassitude, puis à une forme de résignation. On n'a pas envie de susciter de nouveaux affrontements parce que ça signifierait batailler encore, et que c'est peine perdue : on n'a jamais le dernier mot. Alors on s'économise pour utiliser le peu de forces qui restent pour continuer à nier. En dehors de cet enjeu essentiel, on fait le dos rond, on subit et on s'exécute sans renâcler. J'avais conscience de mon état de faiblesse, c'est bien pourquoi j'avais demandé l'assistance d'un conseil. C'est la meilleure idée que j'aie eue : à partir du moment où l'avocate a été à mes côtés, le ton des flics et leur manière de s'adresser à moi ont complètement changé. Ils ont continué à me tutoyer mais, pour le reste, comparé à ce que j'avais enduré, j'ai eu l'impression de me retrouver dans une colonie de vacances. Mes deux gardes à vue étaient à des années-lumière l'une de l'autre : c'était le jour et la nuit. Avant l'intervention de l'avocate, les policiers étaient hargneux, irascibles, multipliant les provocations pour que je sorte de mes gonds. Sa simple présence a fondamentalement modifié leur attitude. Ils n'étaient pas devenus aimables ou enjoués pour autant, mais ils étaient sur leurs gardes, n'ayant aucune envie de voir la procédure annulée parce qu'ils n'avaient pas respecté les règles. Car dans ce cas, non seulement ils se feraient taper sur les doigts par leurs supérieurs, mais ils seraient contraints de reprendre toute l'enquête à zéro...

À notre retour de la perquisition, je me suis rendu à leur demande dans leur bureau pour faire le point. Au départ, ils ont commencé à pilonner sur cette fameuse attache du transat qui, comme ils disaient, était « inappropriée » :

– C'est lamentable de mettre un bébé dans un transat dans cet état ! Ne vous y trompez pas, avec un élément à charge pareil, votre compte est bon !

Ils avaient ouvert une brèche, ils s'y sont engouffrés :

– Vous jouiez souvent avec votre petite fille ?

– Oui, comme tous les papas avec leur enfant...

– Vous la preniez dans les bras et vous la lanciez en l'air. C'est bien ce qui s'appelle faire l'avion, n'est-ce pas ?

Je ne voyais pas où ils voulaient en venir, alors j'ai confirmé.

– Mais c'est une honte ! Vous êtes complètement inconscient !

À ce moment-là, je me suis revu avec Louna. C'est un hiver très froid avec des températures qui peuvent atteindre moins quinze degrés. Pour que la petite soit bien au chaud, nous lui avons mis une combinaison épaisse. Elle est à côté de moi sur le canapé, un vieux canapé à ressorts, et pour l'amuser je tapote sur les bords.

Les ressorts se tendent et se détendent, ça la fait sautiller et elle éclate de rire. Parfois, je la surélève doucement au niveau de ma tête, avant de la lâcher avec précaution et de la rattraper aussitôt dans mes bras. Je n'ai pas le temps de m'attendrir en pensant à cette évocation, qui illustre pour moi un moment de bonheur familial. Cette scène n'amuse pas du tout les policiers :

– C'est la chose la plus ignoble que l'on puisse infliger à un enfant ! Mais vous vous rendez compte du danger que ça représente ?

Je ne savais quoi répondre, je suis resté sans voix.

– Moi, j'ai des enfants et jamais je n'ai joué avec eux de cette façon. Un geste maladroit et votre fille se fend le crâne sur le carrelage. Vous y avez pensé ?

Le pire, c'est que j'ai eu le sentiment qu'ils étaient sincères et pensaient honnêtement ce qu'ils disaient. En un instant, j'ai imaginé leur existence : je les ai vus chez eux, avec leur bébé en train de jouer... mais à quel jeu ? Au train électrique ? À les entendre, et même si ça plaisait beaucoup à ma petite fille, il fallait être un père indigne pour lui faire courir un tel risque. À force de m'accabler, je me suis posé des questions... Avais-je vraiment été imprudent ? Pourtant, plein de papas s'amusaient ainsi avec leurs enfants : ils n'étaient pas des criminels pour autant. Étaient-ils aussi stupides que moi ? Je n'ai jamais réussi à trouver la réponse, et des années après je continue à m'interroger. C'est vrai, j'aurais pu rater mon coup, ne pas réussir à rattraper Louna. Elle serait tombée et le choc aurait pu être si violent qu'elle aurait perdu connaissance, peut-être la vie... Coupable de négligence ou non, je n'ai plus jamais « fait l'avion » avec mes enfants. À chaque fois que j'évoque cet épisode, même en plaisantant, malgré mon sourire j'éprouve une forme de gêne. L'humour permet de masquer bien des états d'âme : même si je parle en riant de cette histoire, il me reste un malaise qui, malgré tous mes efforts pour me raisonner, perdure. Malgré tout l'amour que j'éprouvais pour elle, m'est-il arrivé de mettre réellement en danger la vie de ma petite fille ?

Il y a quand même eu un moment assez tendu pendant cet interrogatoire, quand les flics ont évoqué la possibilité de sévices sexuels sur Louna. L'avocate a immédiatement mis le holà en me disant fermement : « Vous n'avez pas à répondre à cette question ! », et ils n'ont pas insisté.

– 5 –

Face-à-face avec Sabrina

Pendant cette seconde garde à vue, j'ai passé plus de temps dans ma geôle qu'avec les policiers. Après la perquisition, ils ne sont même pas revenus pour m'interroger, mais il leur restait une carte dans la manche et elle était d'une importance cruciale : la confrontation avec Sabrina. Elle a eu lieu dans un bureau où je me trouvais déjà. En voyant entrer ma compagne, j'ai eu un choc : impossible d'ignorer qu'elle était malade, ça se voyait sur son visage. Je ne devais pas être plus brillant parce que, par la suite, Sabrina m'a dit que mes yeux cernés contrastaient étrangement avec ma pâleur extrême. Elle a employé cette expression qui m'a surpris : « Tu étais sans âme. » Les policiers ont refusé que nous soyons côte à côte. Nous nous sommes donc assis chacun à une extrémité de la pièce, et l'avocate s'est installée entre nous deux. Non seulement nous avions l'interdiction de nous embrasser ou d'échanger quelques mots, mais en plus les inspecteurs ne voulaient pas que nous nous regardions. Pour eux, c'était une façon dissimulée de nous entendre sur ce qu'il convenait de déclarer. Une chose m'a frappé : ils vouvoyaient Sabrina, alors que je n'avais jamais bénéficié de cette marque de politesse. Nous étions interrogés à tour de rôle, en général moi le premier, et chacun avait droit à la même question. Ils voulaient absolument savoir lequel de nous deux avait changé la petite ou lui avait donné à manger. Comme il n'était pas évident de se rappeler ce qui s'était passé plus de deux semaines auparavant, pour ne pas commettre d'erreur je suis resté évasif. Des biberons, il y en avait plusieurs par jour et parfois même la nuit : alors se souvenir qui les avait donnés à chaque fois, pour moi c'était mission impossible. La grande blonde avec un accent slave, l'un des trois policiers venus nous chercher à l'appartement, a tout de suite fait preuve d'agressivité à mon égard : elle multipliait les piques, me critiquait, entre autres parce que j'étais incapable, assurait-elle, de me souvenir de quoi que ce soit. Je semblais l'irriter au plus haut point, et elle paraissait convaincue de ma culpabilité. À la limite, elle voulait bien croire à la bonne foi de Sabrina ; mais en ce qui me concernait, l'affaire était pliée. Qu'est-ce qui avait forgé sa conviction ? Sabrina lui avait avoué qu'elle ne se réveillait pas toujours la nuit quand la petite pleurait ou avait faim, parce qu'elle avait un sommeil lourd. Dans un premier temps, elle avait eu droit à une leçon de morale consistant à lui reprocher son manque d'amour maternel. Quand on est une maman digne de ce nom, au moindre gémissement de son bébé on saute du lit, avait soutenu l'inspectrice. Ensuite, elle avait tenté de persuader Sabrina : comme elle avait un sommeil profond et que je me levais souvent pour m'occuper de Louna, il ne lui était pas possible d'affirmer avec certitude que j'étais innocent. Argument imparable : s'il y avait eu maltraitance de ma part, elle n'avait pas pu le savoir puisqu'elle dormait ! Quand l'inspectrice a fait cette démonstration magistrale, Sabrina n'a pas douté de moi, mais elle s'est tue un instant pour réfléchir au moyen de contrer ce raisonnement aussi habile que vicieux. Son silence a aussitôt été interprété comme une acceptation de ma possible culpabilité. Cette méprise a bouleversé ma compagne. Même si cet argument ne prouvait rien dans l'absolu, elle s'en voulait terriblement de s'être fait coincer et de ne pas avoir trouvé la parade. Culpabiliser quelqu'un, c'est la meilleure façon d'instiller le doute dans son esprit. Si les policiers parvenaient à faire douter Sabrina, tous les espoirs leur étaient permis. Pour parvenir à nous arracher des aveux, il fallait nous désolidariser, et ils s'évertuaient à y parvenir. Ils ont pianoté sur ce registre en se servant des conclusions de l'expert psychiatre, Francis Boquel, qui l'avait examinée – lui consacrant, comme à moi, cinq minutes de son temps. Quand, la veille, Sabrina l'avait rencontré, elle ignorait comment se portait Louna, alors hospitalisée dans le service de soins intensifs. Malgré les promesses des policiers qui, d'heure en heure, lui assuraient qu'elle aurait rapidement des nouvelles, elle ne savait pas si l'état de notre petite fille était stable ou aggravé et surtout si son pronostic vital était toujours engagé. Comme toute maman dont le bébé est entre la vie et la mort, elle passait son temps à pleurer, morte d'angoisse. Sans tenir compte de la raison de son désespoir, le psychiatre a considéré qu'il n'était pas réactionnel, mais la manifestation d'un état psychologique permanent constitutif de sa personnalité. À l'entendre, Sabrina était immature, dépressive et en proie à des pulsions suicidaires. Ce diagnostic impliquait que, d'évidence, elle n'avait pas eu les armes pour me résister. Je l'avais manipulée en la persuadant que j'étais accusé à tort, et elle était tombée dans le panneau. Sabrina n'était pas responsable : son désordre psychique lui avait fait perdre tout discernement, l'avait aveuglée...

Cette histoire de biberons devenait lassante et, à force de répéter toujours les mêmes questions et d'obtenir à chaque fois les mêmes réponses, l'interrogatoire a fini par tourner en rond. Quand les policiers se sont rendu compte qu'ils n'arrivaient pas à relever des contradictions dans nos déclarations et à nous monter l'un contre l'autre, ils ont décidé de mettre fin à la confrontation. Elle avait duré quinze ou vingt minutes, pas plus. Avec un mouvement d'humeur qui en disait long sur son exaspération, l'inspecteur nous a lancé rageusement :

– Allez hop, basta, vous retournez en cellule !

Je me suis levé le premier et, avant de quitter le bureau, Sabrina et moi avons échangé des regards pleins d'inquiétude. Nous approchions de la fin de la deuxième garde à vue, qu'allait-il se passer ? Comme s'il lisait dans nos pensées, l'inspecteur nous a avertis :

– Nous ne savons pas encore ce que tout ça va donner, mais je vous conseille d'envisager la préventive...

Comme nous n'avions pas l'air de comprendre ce que ces mots signifiaient, il a ajouté :

– Oui, la préventive, la prison, quoi !

Je ne me faisais pas beaucoup d'illusions sur nos chances de sortir le soir même, mais là c'était le coup de grâce. Une bouffée d'angoisse m'a envahi. Une peur viscérale. J'étais terrorisé. Tout mon être refusait de se retrouver enfermé derrière les hauts murs de la prison de Nancy. Avec angoisse, je pensais à Sabrina si fragile, si aimante, aux soins qui ne lui seraient pas dispensés et aux conséquences terribles que ça impliquait. Ce n'était pas normal, pas juste : nous étions innocents, nous n'avions de cesse de le crier. Et pourtant, le sort s'acharnait sur nous. En un instant, le faible espoir de libération que j'avais conservé jusque-là venait d'être anéanti.

SABRINA

– 6 –

Folle, moi ?

Jusqu'à l'âge de dix-sept ans, j'ignorais que je vivais en permanence avec une épée de Damoclès au-dessus de la tête. Quand des œdèmes multiples apparaissaient sur tout mon corps et que je me tordais de douleur, les médecins restaient perplexes. Incapables de savoir pourquoi soudain mon visage, mes mains ou mon ventre triplaient de volume, ils avaient trouvé une solution pratique pour dissimuler leur ignorance : j'étais folle ! Mais avant d'en arriver à cette conclusion, ils ont d'abord suggéré que j'étais allergique aux abeilles ou à un aliment qui, à l'évidence, ne me réussissait pas. Il me fallait donc éviter soigneusement ce genre de bestioles volantes et noter tout ce que j'avalais, ce que j'ai fait scrupuleusement sans que le mystère soit élucidé pour autant. « Ce n'est pas une allergie ! » ont-ils affirmé doctement. J'étais rassurée sur ce point, mais pas plus avancée... Après avoir épuisé toutes les hypothèses qui auraient pu expliquer le phénomène œdème, en désespoir de cause, ils ont conclu que c'était psychosomatique : seul le stress en était responsable. Pour me persuader, ils ont utilisé la méthode Coué. Combien de fois m'ont-ils asséné que l'angoisse transpirait par tous les pores de ma peau ? Ils étaient formels : à force de tourner et retourner des idées négatives dans ma tête, mon corps réagissait à sa manière pour protester contre cette invasion. Ils avaient beau s'employer à me persuader que la vérité sortait de leurs bouches, je n'étais pas convaincue. J'étais une jeune fille heureuse entourée de ses parents et de ses deux sœurs, j'aimais rire, danser et faire la fête. Je n'avais rien d'une torturée. Mais les pontes du corps médical l'affirmaient : j'étais une malade imaginaire, pour ne pas dire une cinglée et, comme je n'avais pas le choix, je m'en contentais.

En septembre 2010, je suis de nouveau étendue sur un lit d'hôpital. Juste avant mon admission, j'ai été quatre fois en détresse respiratoire. Transportée en urgence dans ce service de réanimation, je peine à reprendre mon souffle malgré la tente à oxygène installée au-dessus de moi. Quand je suis arrivée au CHU Brabois de Nancy, les spécialistes ont d'abord pensé à un œdème de Quincke parce que, vue de l'extérieur, ma gorge était très gonflée, et elle l'était tout autant à l'intérieur. C'était un cas d'urgence : si l'enflure progressait, l'air ne pourrait plus parvenir à mes poumons et je risquais d'étouffer. En m'examinant attentivement, ils ont remarqué mon thorax, lui aussi était comprimé. Une accumulation de liquides d'origine inconnue, impossible à repérer au premier coup d'œil, exerçait une pression sur mes poumons et mon cœur, ce qui expliquait mes douleurs intolérables.

M'administrer un traitement pour limiter les manifestations, c'était important. Mais trouver ce dont je souffrais, ça l'était encore plus. En ce qui concerne le diagnostic, les médecins piétinaient... Allaient-ils prétendre, comme les précédents, que j'étais responsable de tous mes maux ? L'un d'entre eux, au lieu de céder au chant des sirènes et de croire à une manifestation psychosomatique, a enfin émis une hypothèse sérieuse. Son épouse était rattachée au CREAK, le Centre national de références des angiœdèmes, allergologue et spécialiste de certaines maladies orphelines. En considérant mon cas son mari pensait reconnaître les signes d'une affection qu'elle traitait. Alors que jusque-là il avait gardé le silence, brusquement il m'a dit :

– Ma femme est spécialiste des maladies orphelines, je vais lui parler de votre problème.

C'est ce qu'il a fait et elle lui a répondu que le mieux serait que je subisse un test de dépistage. J'ai donné mon accord, une prise de sang a été effectuée puis les échantillons ont été envoyés en urgence à Grenoble, dans un laboratoire spécialisé dans les maladies génétiques. En principe, il faut un mois pour obtenir les résultats ; mais comme mon état continuait à se dégrader, cinq jours après j'étais fixée...

Je me souviendrai toujours du moment où un médecin en blouse blanche est entré dans ma chambre et m'a annoncé, l'air soucieux :

– Mademoiselle Sabrina Dietsch, j'ai le résultat de vos analyses...

Il parlait sans détour : j'étais bien porteuse d'une maladie rare. Son nom était si barbare que j'ai demandé qu'il me soit répété à plusieurs reprises. J'étais atteinte d'un angiœdème bradykinique de type 1 ! D'un coup, le couperet était tombé. Je me suis alors retrouvée dans une situation ambiguë : j'étais soulagée d'apprendre que je n'étais pas folle et de connaître enfin quel mal transformait depuis l'enfance ma vie en cauchemar, et en même temps j'étais accablée par l'idée d'être atteinte d'une affection incurable.

Comme il s'agissait d'un dérèglement héréditaire dominant qui touche plus particulièrement les femmes, tous les membres de ma famille du côté de ma mère, mes grands-tantes comprises, ont également été dépistées. Sans aucun doute possible, ma maman et ma sœur aînée étaient porteuses elles aussi de cette maladie.

L'un des médecins m'a prescrit du danazol à forte dose pour éviter les œdèmes à répétition. C'est un androgène, une hormone masculine qui bloque l'ovulation. Je prenais docilement ce traitement, espérant qu'à défaut de me guérir il me soulagerait enfin, quand j'ai surpris l'un des spécialistes disant à son confrère :

– Nous devons absolument arrêter ce médicament. Il y a trois semaines qu'elle le prend, elle risque de devenir stérile. Peut-être même que c'est déjà le cas...

L'interne qui était avec lui a baissé la voix, et chuchoté :

– Attention, la patiente est à côté, elle peut vous entendre...

J'ai eu l'impression que le ciel me tombait sur la tête. J'avais toujours rêvé d'avoir une ribambelle de gamins, je ne concevais pas l'existence sans fonder une famille nombreuse. Et là, j'apprenais que c'était fortement compromis. Il était inimaginable pour moi de faire le deuil de mon désir d'enfant. Peu après, pour justifier la prise de ce médicament, les médecins sont venus me dire qu'ils avaient privilégié le choix du « bénéfice risque » : ce médicament me soignait, mais en contrepartie il détruisait mes hormones féminines. Inutile qu'ils se donnent la peine de m'expliquer, j'avais déjà tout entendu… Mais peut-être qu'il restait malgré tout une petite chance que je sois un jour maman ? Je décidai de me raccrocher à cet espoir pour ne pas sombrer.

– 7 –

Parce que c'était lui, parce que c'était moi...

Trois mois avant l'identification de ma maladie, j'avais rencontré Yoan chez une amie lors d'une soirée dans les Vosges... mais je l'ai vraiment découvert, de façon virtuelle, sur Facebook. En message privé, nous passions des heures à « discuter » de nos goûts respectifs, de notre conception de la vie et de l'avenir. Et pendant ces bavardages qui font tout le charme d'une histoire d'amour naissante, nous avons constaté que nous avions de nombreux points communs. Nous adorions tous les deux la montagne, la neige, les longues randonnées, mais surtout nous ne concevions pas l'existence sans avoir des enfants, beaucoup d'enfants...

Quand nous n'échangions pas sur ce réseau social, nous étions pendus jour et nuit au téléphone. Yoan habitait déjà à Saint-Max, près de Nancy, et moi avec ma famille dans les Vosges. On ne se voyait donc que le week-end, mais cela n'empêchait pas notre relation d'être très fusionnelle. On ne se cachait rien, on se disait tout. Et c'est ainsi que Yoan m'a appris qu'il venait de mettre un terme à une union problématique et qu'il avait la garde alternée de Lysa, sa petite fille. Moi, je lui ai raconté mes problèmes de santé : « Brusquement, je me mets à gonfler, mais personne ne sait pourquoi... » J'ignore si cette franchise réciproque a cristallisé nos sentiments, mais chacun de nous a éprouvé un véritable coup de foudre : nous sommes tout de suite tombés amoureux l'un de l'autre. Yoan venait d'être échaudé par une histoire d'amour qui avait tourné à la catastrophe et s'était juré de rester célibataire... Il a vu tous ses plans bouleversés. Mais nous ne pouvions pas lutter, l'attirance était trop forte. Parce que c'était lui, parce que c'était moi...

Quand j'ai été hospitalisée en septembre 2010, Yoan m'a rendu visite. Il a constaté que j'étais en piteux état, mais comme je n'avais pas encore été dépistée, il était loin de se douter que j'étais atteinte d'une maladie génétique. Quand je l'ai appris, j'ai été très franche avec Yoan : il était hors de question que je le lui cache, d'autant que nous étions vraiment heureux ensemble et que ça semblait parti pour durer. Je me voyais déjà dans une jolie maison avec nos enfants courant autour de nous... Un vrai conte de fées !

Que je souffre d'une maladie incurable n'a pas dissuadé Yoan de rester avec moi. Il aurait pu prendre ses distances et, après réflexion, préférer rompre. Beaucoup se seraient comportés de cette manière, mais ce ne fut pas son cas. Il m'a même avoué que l'idée d'une séparation ne l'avait jamais effleuré. Petit, il voulait être médecin : son rêve ne s'est pas réalisé, pas plus que celui d'être urgentiste chez les sapeurs-pompiers, mais la maladie ne lui a jamais fait peur. C'était sa vocation... Comme il ne l'a pas concrétisée, il s'est investi dans la musique et a obtenu un diplôme d'animateur musical et scénique, l'équivalent d'un niveau bac +2. Et il le mettait en pratique dans son activité de DJ dans les discothèques ; mais après l'épreuve des gardes à vue, il a choisi d'y renoncer. Il faut de la bonne humeur et de l'énergie pour pousser les gens à se lever et à aller danser. Quand on est rongé par les soucis et par des accusations mensongères, même si on se trouve dans une ambiance festive, on se sent décalé : le cœur n'y est plus, le travail laisse à désirer, il vaut mieux abandonner. La musique est la passion de Yoan et ça l'a meurtri de quitter cet univers. Moi, cet abandon de poste ne m'a pas vraiment contrariée, bien au contraire. Le savoir toutes les nuits, ou presque, dans ces lieux où l'alcool coule à flots, et où les filles ne sont pas farouches, ne me semblait pas l'activité idéale pour un père de famille. Je pensais que, tôt ou tard, il y aurait entre nous des tensions à ce sujet, d'autant plus que, comme il est facile de le deviner, je déteste les discothèques…

Comme Yoan est un homme pragmatique, il a commencé à se renseigner sur ma maladie. Il imaginait le pire mais, après avoir consulté quantité d'articles sur la question, il a compris que, finalement, c'était une pathologie « gérable ». Il existait des traitements permettant d'espacer les crises et de venir à bout des poussées. Même s'il subsistait une part d'inconnu, il était possible de contrôler le processus. En revanche, l'éventualité de ma probable stérilité le contrariait davantage. Il m'avait avoué qu'il ne souhaitait pas avoir assez d'enfants pour monter une équipe de foot, mais qu'un minimum de quatre, dont deux garçons, lui semblait parfait. Moi je considérais que c'était beaucoup mais après tout, si le destin en décidait ainsi, pourquoi pas... Nous étions d'accord sur le principe, mais c'était avant que les médecins fassent table rase de mon désir de maternité et me persuadent de tirer un trait sur mes illusions. Nous étions loin de prévoir ce que nous réservait l'année suivante...

– 8 –

L'enfant du miracle

Nous avons continué de nous voir, Yoan et moi, dès que nos emplois du temps le permettaient. Cependant, même si nous étions inséparables affectivement et virtuellement, nous ne vivions pas encore ensemble. J'habitais chez mes parents et, vu mon âge (dix-sept ans), il était inenvisageable que je les quitte aussi soudainement, ne serait-ce que pour des raisons pratiques. Yoan, lui, habitait un tout petit appartement ; avant de m'accueillir, il lui fallait l'aménager, afin que sa fille Lysa ait son espace à elle pendant les semaines où elle serait chez lui.

J'étais désormais soignée par la professeure qui m'avait dépistée : si les crises n'avaient pas disparu, elles pouvaient être jugulées. Pourtant, en juin 2011, j'ai commencé à me sentir très mal. Je vomissais beaucoup de bile, ce qui ne correspondait pas à un symptôme de ma maladie. Je suis donc allée voir ma généraliste qui m'a prescrit une échographie. Comme cet examen n'avait rien révélé, la doctoresse, qui redoutait une grossesse extra-utérine, m'a demandé de faire une prise de sang. Le résultat était négatif : ce n'était pas ça non plus. En raison d'importantes douleurs dans le dos, elle a prescrit un scanner. Je n'étais pas trop inquiète, car je me disais que si j'avais eu quelque chose de vraiment ennuyeux, ç'aurait été visible à l'échographie. Le 10 juillet 2011, ma tante m'a conduite à l'hôpital. Pour effectuer un scanner, il faut préalablement injecter au patient un produit de contraste à base d'iode. Le spécialiste a pris la précaution de me demander si je n'étais pas enceinte, car le produit est hautement toxique pour le fœtus. Je lui ai répondu que j'avais toujours mes règles ; de plus, une prise de sang avait confirmé que je n'étais pas enceinte. Il a alors procédé à une première phase de l'examen, sans injection, et brusquement je l'ai entendu crier à son assistante :

– Stop, stop, on arrête immédiatement !

J'étais paniquée. Qu'avait-il vu pour tout arrêter aussi précipitamment ? Les idées les plus folles m'assaillaient... Avait-il repéré une grosseur ? Pensait-il que j'avais une tumeur cancéreuse ? J'ai passé un quart d'heure allongée sur la table, avant d'avoir des nouvelles. J'étais rongée par l'angoisse, l'estomac noué, imaginant le pire. Finalement, le spécialiste m'a rejointe et m'a dit :

– Rhabillez-vous, je dois vous parler.

Ce n'était pas un débutant, mais un homme d'expérience, un senior qui avait l'air de connaître parfaitement son affaire. Je n'avais aucune idée de ce qu'il allait m'annoncer et j'avais l'impression d'une catastrophe imminente.

En entrant dans son bureau, j'ai remarqué qu'il n'était pas seul, mais entouré d'autres médecins, et ce n'était pas pour me rassurer. Pas le moindre sourire sur son visage, froid et fermé, comme figé. Il m'a regardée, a pris son temps avant de me demander à nouveau :

– Vous êtes certaine de ne pas être enceinte ?

– Non. Ce n'est pas possible, tous les résultats d'examens sont négatifs. En plus, au CHU de Nancy-Brabois où je suis soignée pour ma maladie, on m'a expliqué qu'à cause du traitement que je prends, je n'ai même pas une chance sur dix de l'être. Enfin, pour ne rien laisser au hasard, je suis sous contraception, je prends la pilule.

– C'est étonnant parce que mes confrères et moi venons de découvrir au scanner que vous êtes enceinte de quatre mois et demi, voire de cinq mois...

J'ai eu l'impression de recevoir un coup de massue sur la tête Pour une surprise, c'était une surprise ! Je m'étais tellement inquiétée de ce qu'il allait m'annoncer que j'ai ressenti un immense soulagement. D'un coup, toute mon angoisse s'est envolée, et aussitôt j'ai pensé à toutes les fêtes auxquelles nous avions participé avec Yoan. J'avais fumé, bu : tout ce qui est contre-indiqué quand on est enceinte ! Pauvre bébé... Je n'arrivais pas à croire qu'un tel miracle soit possible. Tout à ma joie, oubliant la présence des médecins, je me disais : « Avec Yoan, on fera tout pour avoir d'autres enfants mais, quoi qu'il advienne nous en aurons au moins un ! » La voix du spécialiste m'a tirée de ma rêverie :

– Vous devez retourner chez votre généraliste pour qu'elle mette en place le suivi de votre grossesse...

– Vous savez pourquoi elle n'a rien vu et pourquoi les échographies n'ont rien montré ?

– Votre bébé est placé le long de votre colonne vertébrale, donc il est difficilement discernable à l'échographie. Et en plus de vos résultats négatifs, vous n'avez pas pris de poids et votre ventre est parfaitement plat : c'est une grossesse pour le moins atypique...

En sortant de l'hôpital, j'étais sur un petit nuage. Pensant sans doute que j'avais eu assez d'émotions pour la journée, le spécialiste ne m'avait pas précisé si j'attendais une fille ou un garçon. De toute façon, ça m'importait peu de connaître le sexe de mon bébé. J'étais enceinte, c'était tout ce qui comptait ! J'ai composé immédiatement le numéro de téléphone de ma généraliste qui, sans doute prévenue par l'hôpital de ce retournement de situation, m'a fixé un rendez-vous dans la foulée. Elle ne m'a pas fait part de sa surprise, ne m'a pas félicitée. Elle m'a seulement demandé :

– Vous voulez le garder ?

– Oui, bien sûr !

– Parce qu'il existe des solutions... En Suisse et en Belgique, ils pratiquent des avortements jusqu'à cinq mois de grossesse.

Me dire ça, à moi ! J'étais tellement choquée que j'étais incapable d'articuler le moindre mot. Cette femme n'avait rien compris : elle n'avait aucune psychologie, sinon elle ne m'aurait jamais parlé d'avortement. En quittant son cabinet, mon ressentiment s'est envolé. J'avais mieux à faire que de ruminer ma rancœur, je devais annoncer à Yoan qu'il allait être papa... Au lieu de le faire par téléphone, j'aurais pu attendre qu'il vienne me voir dans les Vosges, mais j'étais trop impatiente de connaître sa réaction. Dès que je l'ai eu au bout du fil, je lui ai tout raconté. Quand il a appris que j'étais enceinte, il m'a demandé de combien de mois. J'ai répondu : « Cinq ! » Il y a eu un grand silence. Tout d'abord, il a cru à une blague puis, au ton de ma voix, il a compris que j'étais sérieuse. Il a voulu que je recommence mon récit. Il était sidéré : il lui paraissait impossible qu'une femme enceinte de plusieurs mois n'ait pas un petit bidon tout rond... Je me suis rattrapée par la suite puisque j'ai pris vingt-cinq kilos en trois mois ! Je me suis toujours demandé pourquoi j'avais des envies furieuses de carottes et de munster. Une envie irrésistible : chaque jour, j'engloutissais une quantité incroyable de carottes et un fromage entier. C'est étonnant : d'habitude, les femmes enceintes font dans le raffiné et picorent des fraises... Moi, c'était un bon gros munster !

Je n'ai pas tout de suite averti mes parents, j'ai attendu de fêter mon anniversaire. Le jour de mes dix-huit ans, je leur ai téléphoné et leur ai dit :

– J'ai quelque chose à vous annoncer... Je ne

sais pas comment vous allez le prendre, mais je suis enceinte de cinq mois.

Il y a eu un blanc, ma mère n'en croyait pas ses oreilles. Elle a juste réussi à articuler quelques mots :

– Mais pourquoi tu ne nous l'as pas dit tout de suite ?

Elle pensait que je lui cachais ma grossesse depuis des mois… Je lui ai répondu que je l'avais appris très tardivement et que je craignais sa réaction, et plus encore celle de mon père. Mes parents ne connaissaient même pas Yoan !

J'avais tout faux ! À ma grande surprise, ma mère l'a très bien pris, et mon père aussi. Je croyais qu'il allait être beaucoup plus brut de décoffrage, je me suis trompée : comme quoi on ne peut jamais vraiment anticiper les réactions des proches…

Comme si, décidément, il était dit que rien ne se passerait normalement, j'ai eu la grossesse la plus courte du monde. Entre le moment où j'ai appris la grande nouvelle et celui où Louna est née, il s'est écoulé seulement trois mois ! Quand les médecins ont constaté que le bébé ne prenait plus de poids et ne se développait pas, ils ont préféré déclencher l'accouchement à huit mois et une semaine. C'est un médicament qui a été à l'origine de cette anomalie. J'ai été frappée par une crise abdominale, l'une des plus terribles. Alors, pour combattre l'œdème qui me faisait hurler, j'ai reçu trois injections d'un produit formellement contre-indiqué quand on est enceinte, car il stoppe la croissance du fœtus. Il n'était pas difficile de vérifier la liste des contre-indications : elle était écrite en caractères gras sur la notice. Mais quand le médecin s'en est préoccupé, il était trop tard. Malheureusement, il avait préféré agir avant de réfléchir... Lors de la dernière échographie, il était prévu qu'à la naissance Louna atteindrait 3,6 kilos. Quand elle est venue au monde le 23 octobre 2011, à la maternité de Nancy, elle pesait 2,660 kilos : une crevette...

Je ne voulais pas d'un accouchement sous péridurale, mais je n'ai pas eu le choix : les douleurs risquaient de provoquer une nouvelle crise. Avant de procéder à l'anesthésie locale, le docteur m'a injecté du Berinert. Je reçois encore ce médicament actuellement : c'est un dérivé sanguin qui contient la molécule qui me manque et dont l'absence est à l'origine du déclenchement des œdèmes. L'injection a été effectuée devant toute l'équipe : anesthésiste, médecin accoucheur et sage-femme, tous connaissaient donc mon problème de santé. Comme en plus j'avais eu la mauvaise idée, quelques semaines auparavant, d'attraper la toxoplasmose – « la maladie du chat » –, j'avais été surveillée plutôt deux fois qu'une. Je ne sais pas quel chat m'avait griffée… En revanche, je sais qu'il était impossible d'ignorer que j'étais porteuse d'une maladie rare. C'était écrit partout, noir sur blanc, dans mon dossier…

– 9 –

Le pouvoir médical…

Je suis rentrée chez mes parents où j'habitais encore cinq jours après l'accouchement. J'allaitais Louna et mon lait devait être de première qualité parce qu'elle prenait du poids à une vitesse record. Je refusais de penser qu'elle avait la même maladie que moi : l'idée de cette éventuelle transmission était si culpabilisante que je m'étais forgé une carapace avec un solide déni. Je ne voulais pas voir, pas savoir, rien entendre. Dès que l'idée m'effleurait l'esprit, je la chassais : à peine apparue, déjà disparue ! J'avais tellement peur qu'elle soit atteinte, j'ai tellement bataillé contre cette possibilité... J'ai fini par me persuader qu'il était inutile de paniquer : Louna n'avait pas ma maladie ! Une seule chose me préoccupait : elle régurgitait du lait en abondance, et par le nez. D'ordinaire, les bébés ont le réflexe de tourner la tête sur le côté quand ça leur arrive. Louna, elle, restait sur le dos, au risque de s'étouffer. Je n'en dormais plus la nuit, taraudée par l'angoisse de la retrouver sans vie au matin. Je suis allée consulter ma généraliste pour qu'elle m'explique comment réagir et lui indiquer que les poumons de mon bébé sifflaient d'une manière inquiétante. Elle l'a examinée et m'a dit :

– Il n'y a rien de méchant, c'est juste un petit rhume...

Comme la petite avait de la fièvre, elle lui a prescrit du Doliprane et je suis sortie rassurée de son cabinet. Une sage-femme qui, à la demande du conseil régional, surveillait les jeunes mamans allaitantes, me rendait visite toutes les deux semaines pour voir si tout se passait bien ; elle non plus n'a rien trouvé d'anormal :

– Tous les bébés régurgitent quand ils ont trop mangé...

– Oui, mais là, ce sont de vrais vomissements...

– Ne vous inquiétez pas, tout va rentrer dans l'ordre, c'est une question de temps.

Soulagés, Yoan et moi avons emménagé dans

son appartement de Saint-Max. Il était toujours aussi exigu, mais très bien aménagé, Yoan avait réussi à lui donner un style cosy tout à fait réussi. Le lendemain de notre installation, Louna a commencé à bouder la nourriture. Jusque-là, c'était une gloutonne, un bébé vorace qui avait toujours faim. Cette perte d'appétit ne lui ressemblait pas. À ce moment-là, elle mangeait peu, mais elle mangeait encore. Mais quand, toute une journée, elle a vraiment refusé de s'alimenter, nous avons été catastrophés. Dans un premier temps, je suis allée voir ma pharmacienne qui m'a dit :

– Elle fait sans doute ses dents. Ses gencives sont douloureuses et elle redoute d'appuyer dessus chaque fois qu'elle tète.

Je suis ressortie de la pharmacie avec une crème pour assouplir les gencives et en principe soulager Louna. Comme l'amélioration se faisait attendre, le lendemain j'ai poussé la porte d'une autre pharmacie. La responsable a confirmé le point de vue de sa collègue consultée la veille. En quittant son officine, j'ai surpris son regard légèrement amusé, elle devait penser : « Ah, ces jeunes parents, ils ne savent même pas par quel bout se prend un bébé ! » Sauf que cette fois ce n'était pas la même histoire, la situation avait évolué : il y avait du sang dans la salive de Louna. Sur les conseils de Yoan, j'ai téléphoné à la

Protection maternelle et infantile, un organisme qui, en cas d'urgence, a une liste de médecins susceptibles d'intervenir. « Aucun rendez-vous avant trois semaines ! » m'a-t-on répondu : c'était à prendre ou à laisser. Téléphone en main, nous écumions tous les spécialistes du coin quand Yoan a pensé à appeler la pédiatre de sa fille Lysa. Elle était absente, mais son cabinet se trouvait à proximité : peut-être avait-elle une remplaçante... Celle-ci a accepté de nous recevoir. C'était une toute jeune diplômée et, après lui avoir décrit les symptômes au téléphone, elle m'a demandé :

– Elle a des phases de réveil pendant lesquelles elle est réactive ?

– Non, elle dort toute la journée...

– Venez tout de suite, l'état de votre bébé m'inquiète... Ne traînez pas en route, je vous attends.

Avec Yoan, nous passions en revue tout ce qui, en trois jours, avait pu déclencher ce changement de comportement chez Louna. L'appartement était humide, avec des moisissures sur certains murs. Comme Yoan était souffrant lui aussi, nous avons pensé qu'ils avaient peut-être tous les deux attrapé des champignons. Une éventualité confirmée par le fait que nous avions remarqué de minuscules taches bleutées sur le ventre du bébé, qui apparaissaient et disparaissaient. Nous signalons donc tout cela à la pédiatre qui examine attentivement Louna pendant cinq longues minutes. Elle constate en effet la présence de petites marques sur son abdomen, une fièvre à 38,5 °C, mais aucun hématome sur le visage et le corps. Elle remarque en outre que la petite somnole et est hypotonique, c'est-à-dire sans tonicité musculaire ni réaction aux stimuli, un état tout à fait anormal pour un bébé qui respirait la santé quelques jours auparavant.

À la fin de son examen, la pédiatre nous regarde et nous dit, l'air très préoccupé :

– Son état est alarmant. À ce stade, je ne peux rien faire. Il faut l'emmener dans un service pédiatrique, j'appelle le SAMU...

J'ai senti une coulée acide me brûler l'estomac pendant qu'elle expliquait au téléphone ce qui l'avait alertée. Elle insistait particulièrement sur la somnolence de Louna, disant qu'elle était très préoccupante. Je regardais mon bébé, mon petit bout de fille qui, malgré mes encouragements, gardait les yeux fermés et dont le bras retombait mollement quand je les soulevais.

Le SAMU est arrivé un quart d'heure plus tard. Comme les urgentistes n'avaient pas d'ambulance disponible, l'équipe était accompagnée par des pompiers qui, eux, disposaient d'un véhicule médicalisé. Je revois encore tous ces médecins s'affairant autour de notre bébé... Ils l'examinent sous toutes les coutures et, comme la pédiatre, s'inquiètent de son absence de réaction. Louna ne pleure pas, elle reste inerte, elle gémit. C'est terrible, tous ces grands corps d'adultes penchés sur cet être minuscule qui a tout juste la force de respirer. Le contraste est saisissant. Devant cette scène désespérante, je ne peux retenir mes larmes. Depuis trois jours, Louna ne s'alimente quasiment plus : pour un bébé, la durée de cette abstinence représente une éternité. Elle est faible, si faible qu'elle ne serre même plus mon doigt quand je lui prends la main. Le verdict du médecin urgentiste est sans appel :

– Votre fille a de la fièvre, elle ne mange plus, a de graves problèmes respiratoires et aucun réflexe. Il est impossible de la soigner sur place, il faut l'emmener au plus vite à l'hôpital pour enfants du CHU de Nancy. Ce n'est pas discutable, c'est une urgence vitale !

Je monte dans le véhicule médicalisé des pompiers, avec Louna dans mes bras. À chaque inspiration, je sens ses petites côtes s'écarter comme si elle luttait pour que l'air pénètre au fond de ses poumons. Pour éviter qu'elle prenne froid, je l'ai si bien emmaillotée que je vois seulement le petit bout de son nez qui dépasse de la couverture. Mon regard se fixe sur son visage délicat comme une porcelaine. Comme si je voulais lui insuffler ma force, je lui chuchote à l'oreille : « Tiens le coup, ma princesse ! Ils vont bien te soigner... »

Néons clignotants des urgences pédiatriques. La voiture freine, les portes claquent... Je tiens Louna comme si j'avais tout l'or du monde entre les bras. Une infirmière se dirige vers moi et tend les mains pour la prendre. Pas question de la lui laisser : plutôt que de la lâcher, je préfère m'allonger sur le brancard, tout en tenant mon bébé serré contre ma poitrine. À peine entrés dans le service, des médecins arrivent de toutes parts. Ils sont une dizaine à bourdonner autour de moi comme des abeilles dans une ruche. L'un d'entre eux tente de me persuader de lui confier Louna. Il m'explique qu'il vaut mieux que je ne sois pas présente, car l'équipe va pratiquer des soins difficiles. Ça veut dire quoi, des soins difficiles ? C'est donc si grave que ça ? Je me liquéfie, je me décompose, je suis anéantie. Une infirmière du service de réanimation me demande s'il y a des antécédents familiaux, je réponds comme un automate :

– Je suis porteuse d'un angiœdème bradykinique de type 1.

– Très bien. Allez dans la salle d'attente à côté, on vous tient au courant...

Difficile de décrire un lieu plus glauque et plus froid que cette salle d'attente destinée à ceux qui se rongent les sangs en pensant à leur enfant. La nuit est tombée. Que font-ils à princesse Louna, mon tout petit bébé ? A-t-elle mal ? Est-ce qu'elle pleure ? Une aide-soignante pousse la porte et s'avance vers moi. Croyant qu'elle vient me donner des nouvelles, je bondis de ma chaise, mais elle veut juste que je m'occupe des papiers. Je vais voir l'employée qu'elle m'a désignée et lui donne ma carte Vitale et mon numéro de mutuelle. Elle regarde les justificatifs avec attention, me les rend. Je retourne dans la salle d'attente et, incapable de tenir en place, je commence à faire les cent pas. La tension en moi est si oppressante que, pour ne pas la laisser me submerger, je dois trouver un moyen de l'évacuer, sinon complètement, au moins en partie. Je suis bien trop angoissée pour rester sagement assise, alors je marche de long en large, je me rassieds, je me relève, j'arpente le couloir, et une fois mon manège terminé je recommence. Yoan s'inquiète de me voir aussi mal, il me conjure d'arrêter de tourner en rond. Alors, plutôt que de rester les bras ballants, je sors mon téléphone de ma poche et j'appelle ma mère, ma sœur, mes amis... Je leur dis nerveusement où je suis, que Louna est très malade, que tout le monde ignore ce qu'elle a : je les noie sous un flot de paroles. Le temps passe... trop lentement. Une dame en blouse blanche vient nous trouver et nous demande de la suivre. En la voyant, mon cœur se décroche dans ma poitrine, mais mes espoirs sont encore déçus. Elle souhaite simplement que nous changions de salle d'attente. La nouvelle est un petit aquarium sans fenêtre, d'à peine dix mètres carrés. Les murs sont peints en bleu, les sièges sont jaunes et au plafond un néon poussif clignote par intermittence. Sa lumière blanche donne une tonalité livide à ce cadre déshumanisé.

– Installez-vous, vous allez avoir rapidement des nouvelles de votre fille.

Je me persuade que je dois être patiente, que les médecins connaissent leur travail, qu'ils font le maximum et que ça ne va pas durer longtemps.

Une heure plus tard, nous ne savons toujours rien, personne n'est venu. Yoan se lève et d'un pas décidé se dirige vers le bureau des infirmières :

– Écoutez, depuis deux heures nous attendons des nouvelles de notre fille Louna ...

– Il y a eu plusieurs urgences en même temps, le service est débordé. Le docteur ne peut pas être partout, il s'occupe de votre petite fille. Ne vous inquiétez pas, il viendra vous voir dès que possible.

À l'entresol, nous reprenons nos places dans l'aquarium. J'ai une envie irrésistible de me précipiter dans le couloir, de monter quatre à quatre les étages et de m'engouffrer dans la salle où Louna est soignée. J'essaie de me raisonner, mais je me dis que si je le faisais, au moins je saurais... Alors que je me tortille sur mon siège en pleurant, deux femmes entrent dans la pièce. Elles s'asseyent et commencent à me demander divers renseignements sur ma grossesse et sur ma façon d'allaiter la petite. Avec Yoan, nous jouons le jeu et leur donnons toutes les précisions utiles. Nous évoquons même la présence de moisissures dans l'appartement et, éventuellement, de champignons. Mais surtout je leur pose la question qui me taraude depuis plusieurs jours :

– Vous ne croyez pas que la petite pourrait avoir la même maladie que moi ?

– Non, ce n'est pas ça !

La réponse est nette, catégorique. Pas un soupçon d'hésitation.

– Mais pourquoi en êtes-vous aussi sûre ? Vous lui avez fait une prise de sang pour le vérifier ?

– Ce n'est pas la peine, elle est trop jeune pour avoir cette pathologie. Ce n'est pas à cet âge-là que cette maladie se déclenche.

À leurs réponses, on devine que les deux femmes se sont renseignées et qu'elles écartent radicalement la possibilité que cette maladie soit responsable des problèmes de Louna. Dès qu'elles sortent de la pièce, Yoan m'explique qu'il a un mauvais pressentiment : sans qu'il en connaisse la cause, le vent a tourné en notre défaveur, il le sent. Je le crois parce qu'il a toujours eu la faculté de prévoir ce qui va arriver. Même s'il refuse de reconnaître qu'il a un don, il a quand même un sixième sens qui, dans les situations difficiles, agit comme un signal d'alerte. Depuis que nous sommes dans le service des urgences pédiatriques, à chaque fois que nous avons posé des questions précises sur l'état de Louna, on nous a envoyés sur les roses. Avec ma maladie, j'ai malheureusement l'habitude de fréquenter les hôpitaux : mais c'est la première fois que je rencontre une telle indifférence, une telle froideur de la part du personnel soignant. Pas la moindre marque d'empathie ou de compassion, des phrases lapidaires expédiées en quelques mots : tout laisse à penser que nous ne sommes pas en odeur de sainteté...

Trois heures que nous patientons, l'incertitude devient insupportable. À chaque bruit de pas dans le couloir ou d'une porte qui s'ouvre, je tressaille. Je suis prête à tout entendre, tout, plutôt que de rester dans l'ignorance. Soudain, je vois passer dans le couloir un petit lit à barreaux monté sur roulettes. Nous nous levons aussitôt pour vérifier s'il s'agit bien de Louna quand, au même moment, l'équipe qui l'avait prise en charge à son admission sort de la salle. L'un des médecins se dirige droit sur nous :

– Votre fille part en réanimation...

– Mais pourquoi ? Que se passe-t-il ?

– Ils vous expliqueront dans le service...

Encore faudrait-il pouvoir pénétrer dans le fameux service... Tout est calfeutré, les portes sont verrouillées. Je sonne et une voix féminine me demande de décliner nos identités. Je m'exécute et j'entends le claquement sec de la serrure qui s'ouvre. En rejoignant la troisième salle d'attente de la soirée, je remarque que, dans certaines chambres, les parents portent une blouse, un masque sur la bouche, une charlotte sur la tête et des bottes en papier. Sans doute l'état de leur enfant est-il très précaire... Une infirmière du service de réanimation vient vers nous :

– Vous allez voir votre fille, mais je vous préviens : par précaution, elle a été plongée dans un coma artificiel. Elle est intubée, cela signifie que les médecins lui ont passé un tuyau dans la gorge pour la ventiler. À part un grave problème respiratoire, elle présente, sans qu'on puisse l'expliquer, un œdème massif et violacé sur le côté gauche du visage. Elle a également différents désordres auxquels on doit remédier.

J'aimerais bien savoir comment cet œdème est apparu et connaître les « désordres » dont parle l'infirmière, mais avant que je lui pose la question, Yoan lui demande :

– Est-ce que le pronostic vital de notre petite fille est engagé ?

L'infirmière répond en toute franchise :

– Je ne vous cache pas que, oui, le pronostic vital est engagé.

J'ai dix-huit ans et je ne suis pas une spécialiste des termes médicaux. Quand j'insiste pour savoir ce que signifie cette expression savante, je suis à mille lieues de me douter de la réponse de Yoan...

– Ça veut dire que... Louna est entre la vie et la mort.

Là, c'est la catastrophe ! Comme si des digues s'étaient rompues et que toute mon angoisse et mon chagrin déferlaient d'un coup, je pleure à gros sanglots. Un poids énorme comprime ma poitrine, j'ai l'impression que mon cœur est sur le point de cesser de battre. Les murs commencent à tourner et je m'effondre. Le stress vient de déclencher chez moi une crise aiguë d'angiœdèmes. Yoan se précipite et m'aide à reprendre mes esprits. Je me traîne pour vomir dans le lavabo, c'est le début d'une longue série de nausées...

– 10 –

Une odeur de mort

Nous sommes enfin autorisés à rendre visite à Louna, mais auparavant il faut parcourir le couloir avec, tout du long et de chaque côté, des chambres vitrées et des enfants en souffrance. Je marche sur la pointe des pieds comme si je risquais de les déranger, je lève à peine les yeux : la vision de ces petits corps lourdement appareillés m'est insupportable. Et puis il y a l'odeur, cette odeur d'hôpital où se mêlent indistinctement des relents de désinfectant, les effluves de nourriture à l'heure des repas et, tenace, le parfum fade et entêtant du sang.

Ces chambres, où des enfants se battent pour survivre, dégagent une odeur de mort...

Louna est dans la dernière chambre. À travers la vitre, on la voit veillée par l'infirmière de nuit qui nous fait signe d'entrer. Le temps de mettre un masque, nous sommes à son chevet. Louna est recouverte d'une couverture chauffante très épaisse, de l'air chaud est propulsé par un appareil placé au bout de son petit lit. S'il n'y avait ce gros tuyau enfoncé entre ses lèvres, on pourrait penser qu'elle dort tranquillement ; mais il faudrait être aveugle et sourd pour ne pas remarquer les électrodes disposées un peu partout sur son crâne et le souffle des machines qui la maintiennent difficilement en vie. Je ne peux détacher mes yeux de ce tube qui descend dans sa gorge et de cette poche de sang qui lui est transfusé. Je vois qu'en fait Louna est branchée de partout... Yoan, lui, ce sont les pousse-seringues qui l'intriguent. Ces petits appareils électriques, qui injectent en continu un produit à un patient, sont au nombre de six. Louna a donc six traitements différents, mais lesquels ? J'ai beau savoir que les médecins l'ont plongée dans un coma artificiel, la vision de ces aiguilles plantées dans sa chair me donne le frisson. Soudain, au même moment, nous découvrons tous les deux que la partie gauche de son visage est complètement tuméfiée ! Elle n'avait rien quelques heures auparavant, quand les urgentistes l'ont prise en charge, ni à son arrivée à l'hôpital ; maintenant, un œdème barre la moitié de son visage recouvert de plaques violacées, à mi-chemin entre le rouge et le bleu. Que s'est-il donc passé ?

Un pousse-seringue a terminé sa lente progression, aussitôt une sonnerie se fait entendre et l'infirmière entre dans la chambre. La voix de Yoan est sèche :

– C'est quoi, ces traces sur le visage de notre fille ?

Silence glacial de l'infirmière qui garde les lèvres pincées. Malgré ce signe évident de la maladie, je continue de refuser que Louna puisse souffrir de la même affection que moi. Je suis capable d'évoquer cette possibilité avec les médecins et même de leur poser directement la question, mais au fond je refuse d'y croire. Ce n'est pas un choix conscient et délibéré, mais un blocage. Rien que d'envisager cette possibilité, mon sentiment de culpabilité est si fort qu'il chasse aussitôt cette idée affreuse. Je refuse de lui avoir transmis cette maladie incurable, je me persuade qu'elle a autre chose... En ce qui me concerne, ça ne s'arrange pas. Je suis à nouveau pliée en deux et je me précipite pour vomir dans la poubelle de la chambre. Cette nouvelle manifestation de la crise qui me secoue laisse la dame en blanc complètement indifférente. Les yeux hagards, je regarde sans vraiment la voir la grosse horloge : elle indique qu'il est bientôt minuit. Je suis vidée, au sens propre comme au figuré. Peut-être mes hoquets indisposent-ils l'infirmière de garde parce qu'elle me dit :

– Ça n'a pas l'air d'aller, vous devriez...

Yoan lui coupe la parole et lance :

– Elle est en pleine crise d'angiœdèmes. Je l'ai signalé mais ça n'intéresse personne...

– Quoi qu'il en soit, vous feriez mieux de rentrer chez vous.

Il me semble impensable de passer toute la nuit sans nouvelles de Louna. Je l'explique à l'infirmière qui me répond :

– De toute façon, nous sommes là pour nous occuper de votre fille. Ce n'est pas parce que vous allez rester auprès d'elle que ça changera quelque chose. Dites-lui au revoir et revenez demain...

Je vomis encore une fois comme une perdue. Pas facile dans cet état d'avoir les idées claires, et pourtant je m'étonne que les médecins ne fassent pas le rapprochement entre mon cas et celui de Louna. Pendant son hospitalisation, elle aussi vomissait par jets et elle a recommencé ensuite. Au lieu de conclure hâtivement à une gastro-entérite, ils n'auraient pas pu s'interroger sur la similitude de nos symptômes ? Ce n'était quand même pas compliqué de vérifier si, par hasard, nous ne souffrions pas toutes les deux de la même maladie ? Ils venaient de dépenser une fortune dans des examens très coûteux, un de plus n'aurait pas aggravé le déficit de la Sécurité sociale.

- 11 -

Une nuit en enfer

Je me sens de plus en plus mal. Je n'ai pas avec moi les médicaments qui me soulageraient, et mon état s'aggrave de minute en minute. Louna semble tranquille, et Yoan me conseille de la laisser, afin que je puisse me reposer. Le dernier tramway est à minuit et demi : si on veut l'attraper, il ne faut pas traîner.

Nuit d'encre, le froid vif est mordant. L'arrêt se situe juste devant le CHU et, comme il y a beaucoup de campus aux alentours, une foule endiablée d'étudiants attendent de prendre le tram pour aller faire la fête dans le centre-ville.

Ils crient, s'amusent et chantent à tue-tête. Ils sont une centaine à se pousser joyeusement pour tenter de s'engouffrer dans les wagons. Au moment d'y pénétrer à mon tour, une vague nauséeuse me terrasse à nouveau et je m'épanche sur le quai. À l'intérieur du tramway, il règne une ambiance de carabins : les jeunes ont emporté des bouteilles d'alcool qu'ils boivent au goulot, certains fument des pétards, l'odeur du shit me soulève le cœur. À chaque arrêt, dès que la porte s'ouvre, je me précipite pour vomir. Les étudiants éclatent de rire en me montrant du doigt : « Celle-là, il ne faut pas demander si elle a abusé sans modération ! » Incapables d'imaginer pourquoi je suis si mal en point, ils sont persuadés que je suis ivre morte. Il y a un décalage incroyable entre l'ambiance festive qui règne dans le tram et nos têtes d'enterrement. La cohabitation avec ces étudiants hilares est un calvaire. Recroquevillée sur le siège, je vois le reflet tremblé de mon visage dans la vitre du tram. Blanche comme de la craie, j'ai l'air de porter toute la misère du monde. Le moins que je puisse dire, c'est que je ne respire pas la gaieté, contrairement à nos joyeux compagnons de voyage qui sont à des années-lumière de deviner le drame que je vis. Elle a dû trop faire la fête, c'est ce qu'ils doivent penser… À chaque arrêt et jusqu'au terminus, je me répands sur le quai.

À peine arrivée, je m'écroule sur le lit. Toutes les émotions vécues ces dernières vingt-quatre heures m'ont exténuée. J'espère trouver rapidement le sommeil mais, dès que je ferme les yeux je vois Louna et les tubes qui la transpercent. J'entends le bruit soufflé de la ventilation artificielle, les sons des machines qui affichent ses données vitales, les hoquets précipités de l'électrocardiogramme. Le silence qui règne dans la chambre accentue le réalisme de la scène. C'est une vision atroce et, pour tenter de m'en débarrasser, j'ouvre les yeux en grand. Mais quels que soient mes efforts, ces images morbides s'imposent et reviennent me torturer. Je n'y tiens plus, je me lève et compose le numéro du service de réanimation : je veux avoir des nouvelles de Louna tout de suite !

J'obtiens difficilement une réponse en quelques mots. Je raccroche, un peu soulagée, mais mon répit est de courte durée. Je ne parviens pas à me défaire de ce cauchemar qui me poursuit. Alors, une heure plus tard, j'appelle une deuxième fois le numéro, puis je recommence. À la quatrième tentative, la voix m'envoie salement promener :

– Ça ne sert à rien de nous appeler toutes les heures. Nous n'avons pas plus d'informations à vous communiquer. Maintenant, vous cessez de nous harceler !

Avant que je puisse prononcer le moindre mot, j'entends à l'autre bout du fil le son grêle du signal « occupé ». La dame a coupé la communication. Je reste séchée, sidérée par la façon dont je viens d'être remise en place. Jamais, de toute ma vie, je n'ai été confrontée à une femme aussi désagréable. Être dérangée à 4 heures du matin par une maman dont le bébé est entre la vie et la mort, et puis quoi encore !

Les douleurs continuent à me déchirer le ventre et les vomissements se multiplient. Au lieu de se calmer, ils gagnent en puissance ; à ce rythme-là, je ne vais pas tenir longtemps… La fatigue et l'angoisse me terrassent, je suis sur le point de m'effondrer. Yoan est affolé, il ne sait pas encore comment gérer ma maladie, ni pratiquer les injections intraveineuses qui combattent ce genre d'accès. En désespoir de cause, il téléphone à ma mère. Puisqu'elle aussi souffre de la même pathologie, elle sait sans doute ce qu'il faut faire… Ignorant comment juguler la crise, elle lui conseille de m'emmener à l'hôpital ou d'appeler le SAMU. L'hôpital de Nancy, on en sort, il y a peut-être une alternative… Yoan joint SOS Médecins. Vu la description alarmante de mon état, le docteur arrive très vite. Il m'examine et commande aussitôt une ambulance privée. Quand les ambulanciers mesurent la gravité de la situation, ils renoncent à me prendre charge. Ils peuvent pratiquer des soins d'urgence, mais avec cette maladie il y a urgence uniquement quand le patient s'étouffe. Je ne souffre pas d'un problème respiratoire, mais abdominal. Comme je ne risque pas de manquer d'air, ils ne sont d'aucune utilité : ils préfèrent donc demander au SAMU d'intervenir.

Il est 5 h 30, et la nuit en enfer continue. Retour au CHU de Nancy dont je pourrais parcourir le chemin les yeux fermés... Ce centre hospitalier est une immense structure qui comporte une section adulte séparée de celle des enfants. Au sein d'un même complexe, ce sont donc deux lieux différents, distants de plusieurs kilomètres. En arrivant au CHU adulte, Yoan présente à l'accueil une carte de malade dispensée par le CREAK : elle explique au personnel de santé la pathologie et les soins à pratiquer. En même temps, Yoan précise à la personne chargée des admissions que je dois recevoir d'urgence un médicament spécifique, le Berinert. Pas de discussion ou de contestation mais, maladie orpheline ou pas, les urgences d'un hôpital restent les urgences... Deux heures plus tard, je suis toujours sur un brancard, gémissante, secouée par des spasmes qui me coupent le souffle. Même si je souffre le martyre, l'infirmière refuse de me donner un calmant avant que le médecin m'ait vue. Ou plutôt si, du paracétamol, la poudre de perlimpinpin mise à toutes les sauces. Autant ce médicament est efficace en cas de fièvre ou de douleurs légères, contre un mal qui vous fracasse il n'est d'aucune utilité. Enfin, je reçois en sous-cutanée une première injection de Firazyr, médicament utilisé pour combattre les crises aiguës d'angiœdème. Il n'est pas question pour autant que je retourne chez moi : je suis hospitalisée en gastrologie, au onzième étage du bâtiment pour adultes. Une fois dans la chambre, un médecin vient prendre ma tension. Je me doute qu'elle est basse, mais à voir sa mine catastrophée je me dis qu'elle est en chute libre. Je reçois aussitôt une dose de Berinert, je vais pouvoir reprendre mon souffle. Après Louna, c'est à mon tour d'être branchée de toutes parts ; mais moi, au moins, je suis consciente. Curieusement, ce séjour à l'hôpital ne me contrarie pas, bien au contraire ! Je sais qu'il existe un tunnel souterrain reliant le bâtiment où je suis hospitalisée à celui où se trouve Louna. Difficile d'être plus proche d'elle : je suis aux premières loges ! Chaque jour de la semaine, j'emprunte le tunnel, ma perfusion dans le bras, poussant devant moi la potence où les flacons sont suspendus. Au début, la surveillante ne se gêne pas pour me demander aigrement où je cours, mais je ne l'écoute pas. Sourde à ses avertissements, je poursuis ma progression. Quand je disparais de son champ de vision, ça ne rate jamais : le service de gastrologie appelle le service de réanimation pédiatrique et un curieux dialogue s'engage :

– Mme Diestch est partie ! Vous allez la voir arriver sous peu avec sa perf dans le bras...

– Encore ! Oui, je l'aperçois...

– Surveillez-la, parce qu'elle n'est pas en grande forme. En plus, elle souffrait trop, alors on l'a mise sous morphine...

– Je ne la quitte pas des yeux, comptez sur moi !

En quelques jours, tout le monde s'est habitué à mon manège. Joignant l'utile au désagréable, le service de gastro appelait même le service pédiatrique pour qu'on me rappelle que c'était l'heure de mes soins. À ce moment-là, une infirmière déboulait dans la chambre de Louna et me disait :

– Il faut que vous remontiez, ma collègue vous attend...

Alors, je refaisais le chemin en sens inverse, toujours avec ma perf dans la veine... Les soignants avaient compris que, quoi qu'il se passe, je ne renoncerais jamais à rendre visite à ma petite fille. Alors, ils se sont accommodés de mes fugues et de mon marathon souterrain journalier.

Avec le recul, si on y réfléchit bien, deux services communiquent au sujet d'une Mme Dietsch qui est en pleine crise d'une maladie rare ; d'une Mme Dietsch qui suggère que sa petite fille, hospitalisée dans le même CHU, souffre peut-être de la même affection qu'elle... Et pourtant, personne ne vérifie si c'est bien le cas ! Incompétence, stupidité, ou respect des ordres donnés ? Quand un chef du service de réanimation et un autre en pédiatrie affirment que la vérification n'est pas nécessaire, le personnel s'exécute. Ce sont eux, les patrons ! Comment expliquer autrement la passivité et le manque de curiosité de leurs subordonnés ?

Le taux de globules rouges de Louna était remonté et elle était moins anémiée, mais Yoan et moi n'en savions pas plus. Elle était toujours plongée dans un coma artificiel et devait y rester quinze jours. À maintes reprises, nous nous sommes demandé pourquoi un coma si long. Un sommeil profond, c'est du même ordre qu'une anesthésie générale ; quand il dure deux semaines, c'est loin d'être anodin. Qu'est-ce qui prouvait qu'au réveil Louna n'aurait pas de séquelles neurologiques ? Puisque les médecins s'étaient assurés que l'électroencéphalogramme était normal, qu'elle n'avait ni lésions internes ni fractures, quel était l'intérêt de la maintenir dans cet état ? Est-il normal de ne pas consulter les parents dans le cas d'un tel choix thérapeutique ?

Avec les images en trois D, les médecins pouvaient détecter le plus infime problème osseux : Louna a été examinée des pieds à la tête, tous les résultats étaient négatifs. Un bébé, c'est de la pâte à modeler : le moindre coup, la moindre violence laissent une trace. Au scanner et à la scintigraphie, capables de détecter des traumatismes microscopiques, aucune microlésion n'a été décelée. Si les spécialistes cherchaient vraiment des preuves de maltraitance, ils en ont été pour leurs frais ; mais au lieu de changer d'attitude à notre égard, ils se sont montrés de moins en moins coopératifs. Yoan n'avait de cesse de les interroger pour connaître les traitements administrés à Louna, mais ils ne lui répondaient pas. Ils la soignaient, c'était déjà bien, et même beaucoup. Alors, supporter un père qui posait dix questions à la minute, c'était au-dessus de leurs forces. Qu'il se taise, ce M. Yoan Bombarde et qu'on les laisse faire leur boulot, voilà ce qu'ils pensaient. Ils ne prétendaient pas, comme lui, « mettre le feu » à une boîte de nuit, alors que chacun reste à sa place. Ils étaient médecins, lui DJ, fallait pas tout mélanger !

Les soignants avaient trouvé le truc pour esquiver les questions de Yoan. Ils bottaient en touche en affirmant que le docteur allait venir et répondrait à toutes ses questions. Sauf que le médecin n'arrivait jamais, ce qui portait notre exaspération à son comble. Comme l'atmosphère qui régnait dans le service pédiatrique en particulier, et dans l'hôpital en général, était pesante, nous nous réfugiions à la cafétéria pour boire un café et souffler un peu. Aussitôt, les soignants profitaient de notre absence pour se ruer dans la chambre de Louna et lui prodiguer des soins. De toute façon, quand nous étions à ses côtés, ils nous faisaient sortir. Parfois, je quittais la chambre et je voyais l'un d'entre eux qui, au même moment, sortait d'une chambre voisine. Logiquement, nous aurions dû nous retrouver ensemble dans le couloir mais, dès qu'il m'apercevait, il faisait marche arrière et claquait la porte derrière lui pour ne pas me croiser. Ce n'était quand même pas une attitude normale : nous sentions que notre relation avec les soignants était problématique, mais nous ignorions les raisons de leur attitude.

– 12 –

Incroyable et pourtant vrai !

Il se produisit alors un rebondissement incroyable, pour ne pas dire extraordinaire ! Sachant que je suis tous les jours au chevet de Louna, Yoan en profite pour consacrer plus de temps à sa fille Lysa qui va avoir trois ans. Elle est en garde alternée, elle vit donc une semaine sur deux chez lui. Trois jours après l'hospitalisation de Louna, Lysa commence à se sentir mal. Stupéfait, Yoan s'aperçoit que son corps se couvre de plaques bleu-rouge ! Son visage est indemne, mais son état général se dégrade et elle a de la fièvre, une grosse fièvre à 40 °C.

Yoan téléphone à la mère de Lysa, et tous trois se rendent au CHU où Louna et moi-même sommes hospitalisées. Aux urgences, les médecins sont perplexes mais concluent à un problème dermatologique. Ils prescrivent une crème à appliquer sur la peau et la laissent rentrer à la maison. Dans un premier temps, les plaques s'estompent puis elles reviennent en force. C'était impressionnant, son corps ressemblait à un damier... Retour au CHU : cette fois, les urgentistes décident de garder Lysa qui se retrouve dans le même service que sa petite sœur. Yoan fait le va-et-vient entre les deux chambres qui se trouvent presque côte à côte. Ce n'est pas la même équipe qui s'occupe des deux petites filles, et ce qui est sidérant c'est que celle qui a en charge Lysa est à l'écoute, aimable, disponible. Tout le monde sait que Yoan est le père des deux enfants, mais le comportement des équipes soignantes est radicalement opposé. Lysa est une petite fille vivante, bavarde, le contraire d'un bébé de trois mois incapable de s'exprimer et atone. Sa vivacité explique peut-être que pas une fois il n'a été question de maltraitance à son sujet. De toute façon, les taches étant disséminées sur tout son corps, il aurait fallu qu'elle soit rouée de coups pour se retrouver dans cet état... Dans un premier temps, les médecins estiment que Lysa pourrait souffrir de la maladie de Kawasaki, une maladie cardiaque gravissime dont l'un des principaux symptômes est la dilatation des vaisseaux et l'apparition de plaques rouges. Quand ils se rendent compte que ce n'est pas le cas, ils cherchent tout ce que les deux sœurs ont fait en commun. À part évoluer dans un lieu de vie semblable, elles ont pris un bain ensemble, et un soir Louna a dormi dans le lit de Lysa. Pas très probant pour expliquer un problème de peau qui les fait ressembler à des dalmatiens... Pour tenter de trouver l'origine de ce phénomène incompréhensible, Yoan et moi avons passé en revue toutes les hypothèses... L'humidité de la chambre et les moisissures sur les murs étaient-ils responsables ? Lysa avait-elle pris le biberon de sa sœur pour en boire une partie avant de le lui redonner ? Dans ce cas, et en admettant que la salive d'une des petites filles contenait un agent pathogène, l'une avait-elle contaminé l'autre ? Y avait-il un produit chimique dans la peinture ou ailleurs dans l'appartement qui aurait déclenché une allergie ? Les médecins n'ont jamais trouvé la cause de ce problème dermatologique. Cinq jours après son hospitalisation, Lysa est sortie sans le moindre traitement et n'a plus jamais souffert de ce genre d'affection. Comme pour Louna, les plaques ont disparu sans laisser aucune trace. Chez les deux enfants, elles ne se sont pas dégradées en passant par différentes couleurs, comme cela se passe en cas d'hématome – ce que l'on appelle communément un « bleu ». Peut-être un jour la science permettra-t-elle de résoudre ce mystère, d'identifier ce qui a été à l'origine de cette situation ubuesque... Quoi qu'il en soit, si l'on s'en tient strictement aux faits, il ressort que deux petites filles sont hospitalisées parce qu'elles présentent, au même moment, les mêmes symptômes ; que dans les deux cas, ces taches apparaissent et disparaissent spontanément. C'est un constat objectif, les deux états sont identiques. Alors, pourquoi parle-t-on de mauvais traitements uniquement en ce qui concerne Louna ? Parce que en plus des taches, elle avait un œdème ? Mais il était constitué d'eau, pas de sang, donc il ne pouvait résulter d'un acte de violence...

Il n'y a pas eu seulement cette incohérence dans le comportement du monde médical... S'il y a bien une personne susceptible de donner un avis autorisé sur le problème du bébé, c'était ma mère. Même si ni elle ni moi ne savions que j'étais atteinte d'une maladie rare, elle avait été témoin des crises que j'avais eues pendant l'enfance.

La première avait été l'une des plus féroces. J'avais quatre ans quand, brusquement, j'ai été défigurée par un œdème qui a envahi tout mon visage. À l'époque, évidemment, le médecin n'a trouvé aucune explication valable, mais cet épisode a bouleversé ma mère au point qu'elle ne l'a jamais oublié. Quand elle est venue avec mon père rendre visite à Louna au CHU de Nancy, elle a été profondément choquée. D'abord parce que la petite était intubée et dans le coma : un spectacle si perturbant, si désespérant qu'il est aisé de comprendre qu'elle en ait été abasourdie. Mais il n'y avait pas que cela... En voyant le visage déformé de Louna, maman m'a immédiatement revue petite avec les traits boursouflés, soudain méconnaissable. C'était tellement semblable qu'elle a eu l'impression de revenir des années en arrière. Elle a préféré sortir de la chambre, en pleurant... Mon père, qui attendait dans le couloir, a pris sa place au chevet de la petite... et lui aussi a fondu en larmes en découvrant son visage. Détestant les hôpitaux, il avait fait un effort pour venir, mais ça n'expliquait pas une réaction aussi extrême. Ce qui l'a bouleversé, c'est la résurgence d'une époque où son angoisse était à son paroxysme : je souffrais le martyre, et personne n'était capable d'expliquer quel mal me frappait. Et ce cauchemar, mon père avait l'impression de le revivre.

La moindre des choses aurait été que les médecins interrogent mes parents ou au moins qu'ils entendent ce qu'ils avaient à leur dire. Ça n'a pas été le cas. Ils ont considéré que leurs témoignages n'avaient aucun intérêt et, sans états d'âme, ils ont fait l'impasse.

Tout aussi incompréhensible, l'attitude du médecin que nous avons réussi à « coincer » à la veille de notre placement en garde à vue. Même s'il a tout fait pour nous éviter, Yoan est parvenu à lui poser une question essentielle :

– Vous ne voulez pas consulter le professeur Gisèle Kanny, qui soigne Sabrina et qui est une spécialiste de l'angiœdème ? En examinant Louna, elle nous dira s'il est possible que la petite ait la même maladie orpheline que sa mère. Vous n'aurez pas de mal à la trouver, elle travaille dans le CHU où nous sommes...

Le médecin nous écoute mais ne nous dit pas s'il va la joindre. Là, Yoan et moi commettons une erreur de débutants : nous n'appelons pas le professeur Kanny pour la mettre au courant de la situation ! Plus tard, nous apprendrons qu'elle savait que Louna était hospitalisée. Son cas avait fait grand bruit dans le CHU, et le professeur Kanny avait profité d'une visite dans le service de réanimation pour proposer ses services. Son confrère avait été catégorique :

– C'est impossible... Question de déontologie. Vous soignez la maman de la petite, vous ne pouvez pas vous prononcer objectivement sur le cas de sa fille, ce serait un conflit d'intérêts.

Je n'ai jamais compris où se situait le conflit en question. Moi, j'aurais plutôt parlé de collaboration. N'est-il pas insensé que des médecins ne connaissant rien à ce genre de maladie refusent l'aide d'une spécialiste ? De quoi avaient-ils peur ? Qu'elle les juge incompétents en la matière ? Il n'y avait pas offense, c'était le cas ! Après, j'ai pensé que leur « excuse » cachait peut-être une rivalité entre les services. À chacun sa chasse gardée, et tant pis si les patients pâtissent de leur bras de fer. Mais, en définitive, ils redoutaient peut-être que, me connaissant, le professeur Kanny se range dans mon camp en affirmant que la petite avait la même maladie génétique que moi, et qu'en plus j'étais incapable d'actes de maltraitance sur mon bébé. Qu'importe si l'avis de cette spécialiste était objectif et si elle faisait autorité en matière : le cas de Louna opposait deux clans, seul Dieu reconnaîtrait les siens…

Pour tout le corps médical, du début à la fin du séjour de Louna, nous sommes des parents maltraitants et considérés comme tels, comme le montrent les mesures prises afin de parer à toute éventualité. C'est pourquoi sa chambre a été installée juste en face de la salle de garde, ce qui permettait une surveillance de tous les instants. Chaque fois que nos parents ou nous-mêmes lui rendions visite, tout était scrupuleusement noté. Non seulement l'heure de notre arrivée et le temps passé avec notre fille, mais aussi le nombre de personnes présentes dans la chambre et leur identité. Indépendamment de cette observation minutieuse, rien n'a jamais été fait pour dissiper le doute à notre sujet. Bien qu'ayant constaté la présence d'un œdème dans la cavité abdominale de Louna, les médecins n'ont pas cherché à en expliquer l'origine ; c'est bien dommage, car il leur aurait été facile de déterminer si ce liquide était de l'eau ou du sang. Si c'était du sang, il pouvait provenir d'un coup donné au bébé ; mais si c'était de l'eau, c'était la certitude que Louna avait la même maladie que moi. Puisque j'étais hospitalisée en même temps qu'elle, la comparaison entre les deux cas était un jeu d'enfant...

– 13 –

Sur le gril de la brigade des mineurs

13 février 2012. Voilà vingt-quatre heures que je suis sortie de l'hôpital, ce qui ne m'empêche pas d'y retourner pour rendre visite à Louna. Je suis dans sa chambre quand j'apprends que je suis attendue par l'assistante sociale du CHU. Je me rends dans une petite pièce toute blanche et je m'assieds sur un siège dont l'assise accueillerait difficilement un écolier. L'assistante sociale n'est pas seule mais accompagnée du docteur Denis, chef du service de réanimation. Une femme d'une trentaine d'années aux cheveux noirs coupés court et aux yeux noisette.

Immédiatement, je remarque son visage creusé et son teint livide. Je suis frappée par le ton hautain qu'elle emploie pour s'adresser à moi, avec une froideur glaçante. Comme si c'était la chose la plus naturelle du monde, elle m'informe qu'elle a fait un signalement au procureur de la République pour suspicion d'actes de maltraitance sur notre fille et que je vais certainement être convoquée par la brigade des mineurs. Les bras m'en tombent. Je la regarde débiter son couplet sans dire un mot, mais intérieurement je suis au bord de l'explosion. Ces médecins sont complètement malades ! Je n'hésite pas une seconde et je lui dis tout haut ce que je pense tout bas. Le docteur Denis ne se démonte pas et me réplique :

– Vous avez vu dans quel état elle était ? Le signalement est plus que justifié !

Comme je lui réponds que nous n'avons jamais touché à un cheveu de notre petite fille, elle se lance dans l'énumération de tous les examens qui ont été pratiqués, mais sans vraiment en révéler les résultats. Et alors, ça prouve quoi ? Je le pense si fort que ça doit s'entendre jusqu'à l'autre bout du couloir ! Je crie :

– Il n'y a pas eu de maltraitance, vous comprenez ça, ou c'est trop compliqué ?

– Calmez-vous...

– Non, je ne me calmerai pas ! Vous avez déjà rencontré des innocents accusés à tort qui restent calmes ?

Le ton de Mme Denis change, il devient ironique. Comme si elle parlait à une imbécile avec un QI de bulot… Elle croit que je ne me rends pas compte pas qu'elle me considère comme une sale menteuse. Sans élever la voix, elle me dit :

– Oui, c'est cela… Bien sûr, je comprends…

– Non, vous ne comprenez rien ! Vous êtes là, à me dire des inepties et je ne dois pas m'énerver ?

J'ai peur de perdre complètement mon sang-froid et que la situation dégénère. L'hospitalisation de Louna, la mienne et celle de Lysa, les nouvelles alarmantes, la souffrance et la peur… et maintenant celle-là qui me sort son laïus hypocrite comme si elle prenait le thé dans un salon ! Je vais craquer ! Mais dans quel monde de fous j'évolue ? La résistance humaine a des limites, je me sens capable de faire n'importe quoi, n'importe comment. Je me lève d'un bond et me rue vers la sortie. Continuez sans moi ! J'arpente le couloir de long en large quand l'assistante sociale me rattrape :

– Venez, nous allons essayer de comprendre ensemble le pourquoi du comment…

Encore une phrase creuse ! Je me moque du « pourquoi du comment ». Ce qu'il faut faire, ce que je veux, c'est un simple test de dépistage. À contrecœur, je retourne m'asseoir en face du docteur Denis qui, comme s'il s'agissait d'un détail, me dit :

– De toute façon, si le procureur décide de lancer une procédure, vous serez convoquée par la brigade des mineurs…

Rien que ça ?! J'en ai assez entendu, je m'en vais !

Vers 17 heures, dans le couloir, je croise une grande femme blonde. Avec un fort accent polonais, elle me demande :

– Vous êtes Mme Dietsch ?

– Oui, pourquoi ?

– Brigade des mineurs. Nous avons quelques questions à vous poser au sujet de votre fille dont la santé est préoccupante. Il n'y en aura pas pour longtemps, vous retournerez la voir dès que ça sera terminé.

Je monte dans leur vieille Clio qui s'arrête devant l'hôtel de police du boulevard Lobau, à Nancy. J'entre dans un bureau tapissé de dessins d'enfants. Des photos sont disposées un peu partout, sans doute celles des familles des policiers… À tour de rôle, la grande blonde et un autre inspecteur me questionnent, attentifs à la moindre de mes hésitations. Au début, avec beaucoup d'amabilité et après m'avoir demandé si je veux un café, ils m'interrogent pour savoir ce que je pense de l'état de Louna, des examens qui ont été pratiqués et, d'une façon générale, de la situation. Je leur réponds avec application et je termine en leur disant :

– Personnellement, je crois qu'elle a la même maladie que ma mère, ma sœur et moi...

– Vous en êtes certaine ?

– Je ne peux pas l'affirmer puisque aucun test n'a été effectué sur elle, mais tout semble l'indiquer.

– Et comment fait-on pour dépister cette pathologie ?

– Une simple prise de sang suffit, après l'échantillon part dans un laboratoire spécialisé.

Je remarque que chacune de mes phrases est immédiatement notée. J'espère bien que, suite à mes déclarations, les policiers vont inciter les médecins à effectuer un test de dépistage sur Louna, mais ils ne disent rien à ce sujet. En revanche, ils insistent pour que je leur parle de Yoan :

– Vous savez qu'il a été condamné pour des violences exercées sur la mère de sa fille ?

– Oui, il ne me l'a jamais caché. Leur séparation a été compliquée, et ils ont été poursuivis tous les deux pour violences réciproques.

Deux heures plus tard, je me retrouve à l'air libre, relativement soulagée. L'interrogatoire a été courtois, une bouffée d'air frais par rapport aux relations tendues et hostiles qu'entretiennent avec moi les médecins et les soignants. Au moment de partir, l'inspecteur m'a même dit aimablement : « Au revoir madame et bon courage avec votre petite fille ! » Si des policiers sont capables de se comporter avec humanité, pourquoi le corps médical s'obstine-t-il à nous traiter durement, Yoan et moi ? Je redoutais cette convocation à la brigade des mineurs, je pense désormais que le pire est passé. Je l'ignorais à ce moment-là, mais je n'étais vraiment pas au bout de mes peines...

- 14 -

La révélation tardive...

Quand, en 2016, après avoir bataillé quatre ans avec le CHU de Nancy, nous aurons enfin entre les mains le dossier médical de Louna, nous comprendrons mieux pourquoi les médecins et les soignants ont fait preuve de si peu d'empathie à notre égard, pourquoi ils nous ont toujours considérés comme des coupables. Alors que la pédiatre que nous avions consultée avant l'admission de Louna n'a rien mentionné de particulier, celle du SAMU, dès le transfert en ambulance, parle dans son compte-rendu d'intervention de possibles actes de maltraitance. C'est ce qu'on appelle « lâcher les chiens », mais ce n'est pas le seul rapport qui allait alimenter la suspicion…

Le 2 février 2012, quand après trois heures d'attente nous allons enfin revoir Louna, au moment où nous poussons la porte de sa chambre, nous ne savons même pas quels examens les médecins des urgences pédiatriques, puis ceux du service de réanimation, ont pratiqués. C'est seulement quand, enfin, nous étudions son dossier médical que nous en découvrons la liste interminable : Pet scan pour vérifier la présence éventuelle de tumeurs, scanner, scintigraphie osseuse, IRM, sans parler des prises de sang et des radiographies ! À chaque fois qu'un bilan se révélait négatif, les médecins procédaient à un autre, avec un objectif précis : prouver que nous étions coupables d'actes de maltraitance sur notre petite fille ! Comment pouvons-nous en être aussi sûrs ? Quand ils ont demandé que soit pratiqué un fond d'œil pour voir s'il n'y avait pas une lésion ou une inflammation de la rétine, ils ont écrit sur la fiche de transmission : « Recherche du syndrome de Silverman. » Derrière ce terme technique, se cachent un ensemble de symptômes que présentent régulièrement les enfants battus ! En prescrivant cet examen, les médecins voulaient confirmer l'hypothèse de la pédiatre du SAMU…

Évidemment, on peut s'interroger sur les raisons de cet entêtement à démontrer que nous sommes des bourreaux d'enfant. Un signalement destiné au procureur de Nancy et envoyé onze jours après l'arrivée de Louna en réanimation, en est la cause. Le 6 février 2012, la chef de service, Mme Denis, en accord avec l'assistante sociale de l'hôpital, considère que Louna est dans une situation d'urgence avérée. Elle rédige donc un rapport qui obéit au principe de précaution. En principe, elle n'a pas le droit de trahir le secret professionnel, mais la loi l'y autorise et l'encourage à le faire quand un enfant mineur est en danger. Elle indique donc qu'une petite fille âgée de trois mois est arrivée le 2 février au service des urgences pédiatriques dans un état alarmant. Après avoir décrit les symptômes, Mme Denis énumère les examens effectués et souligne que tous les résultats se sont révélés négatifs. La conclusion est évidente : à défaut d'identifier une cause médicale, il n'est pas exclu que les parents soient les auteurs d'actes de maltraitance sur leur fille.

Pourquoi Mme Denis attend-elle une semaine avant de transmettre ce signalement au procureur de Nancy ? Nous ne l'avons jamais su. Mais quand il lui parvient le 13 février 2012, la machine judiciaire se met aussitôt en marche. Dès le lendemain et en urgence, le substitut du procureur désigne comme expert le professeur Leheup, chef du service pédiatrique où est hospitalisée Louna. Je croyais qu'il y avait un conflit d'intérêts quand un médecin était juge et partie… Apparemment, ça concerne seulement la spécialiste qui me soigne, mais en aucun cas le professeur Leheup ! Le substitut du procureur lui pose une question précise : les symptômes présentés par l'enfant sont-ils compatibles avec ceux de l'angiœdème héréditaire ? L'enjeu est de taille : si la réponse est positive, toute cette histoire de maltraitance se dégonflera comme un ballon de baudruche.

Le 14 février au matin, quand j'entre dans la chambre de Louna, je vois le professeur Leheup examiner ma fille. En me rapprochant, je découvre qu'il observe attentivement ses parties intimes. Interloquée, je lui en demande la raison et il me répond :

– Avec un angiœdème, il vaut mieux tout vérifier…

Même si je suis diagnostiquée depuis un an seulement, je connais bien ma pathologie. Aucune atteinte ne se situe à cet endroit, j'en déduis donc que le professeur ne cherche pas à savoir si Louna présente les symptômes de la maladie. Ce qu'il cherche en réalité, ce sont des preuves de violences sexuelles…

Plus tard dans la matinée, dans le cadre de

son expertise judiciaire, le professeur Leheup téléphone au professeur Bouillet, chef de service au CREAK, donc spécialiste de l'angiœdème. J'ignore quels termes il a employés, mais quand nous parviendrons enfin à parler avec cette spécialiste, elle nous avouera que son récit ne laissait planer aucun doute. Pour le professeur Leheup, il était clair que Louna avait été violentée. Madame Bouillet mettra fin à leur conversation téléphonique, en lui expliquant :

– Mon avis est consultatif, c'est pourquoi je vous le donne uniquement sous forme orale et non par écrit. Il faudrait que j'examine la petite pour en être sûre, mais d'après les éléments que vous m'apportez cette enfant n'est pas atteinte d'un angiœdème. Cette affirmation s'appuie en particulier sur le fait que cette maladie n'apparaît pas avant l'âge scolaire, mais rien ne prouve que nos connaissances scientifiques en la matière ne sont pas susceptibles d'évoluer...

Le professeur appelle alors un autre confrère, le docteur Deiber : il exerce dans le CH de Chambéry et n'a aucune compétence pour se prononcer sur cette maladie. Nouvelle exposition des faits à la mode Leheup, et en quelques minutes la cause est entendue : pour le docteur Deiber, Louna ne souffre pas de la même maladie que moi. Sous-entendu, elle a été victime de violences !

Quel est le bilan de ces deux conversations téléphoniques ? Sans avoir consulté le dossier médical de Louna et en se fiant uniquement aux propos du professeur qui la soigne, les professeurs Bouillet et Deiber affirment qu'elle ne présente pas les stigmates de ma maladie génétique. Fort de ces conclusions et sans perdre de temps, le professeur adresse immédiatement un rapport au substitut du procureur dans lequel il atteste se ranger à l'avis de ses confrères et lever toute suspicion d'une atteinte d'angiœdème. Il ne mentionne pas la pneumonie et l'anémie dont souffre Louna, en revanche il détaille les taches bleu et rouge qui apparaissent alors comme de terribles éléments à charge. Mais il y a pire, sa conclusion est féroce : Louna a été l'objet de violences non accidentelles !

J'explique à Yoan que ce médecin examinait les parties génitales de Louna quand je suis entrée dans la chambre et que son attitude m'a semblée bizarre. Loin d'être surpris, il me répond : « Ne sois pas étonnée, moi, ça fait longtemps que j'ai compris... » Comme d'habitude, il a vu juste, mais il n'avait pas prévu que la brigade des mineurs allait, l'après-midi même, investir notre appartement et nous placer en garde à vue.

– 15 –

La lutte du pot de terre contre le pot de fer

Du fond de ma cellule, j'aperçois Yoan avec ses yeux caverneux et sa tête d'outre-tombe. Un spectre : il n'est plus que l'ombre de lui-même et n'a plus rien à voir avec le jeune homme charmeur que j'ai rencontré deux ans auparavant. Ces deux jours passés sous les verrous l'ont dévasté. Je ne dois pas être plus brillante... Le pire dans une garde à vue, c'est d'abord d'être enfermé – une situation que l'on n'a jamais connue. Aussi fort que l'on secoue la porte, elle ne s'ouvrira pas. On ne décide plus, on subit. C'est aussi le sentiment d'être sale et n'avoir qu'une envie : se ruer sous une douche et faire disparaître cette crasse qui vous « colle au cœur et au corps ». Mais le pire, ce sont ces minutes qui vous séparent de la décision finale, car elle dépend de la volonté d'un homme qui a le pouvoir exorbitant de vous envoyer moisir en prison ou de vous rendre votre liberté. Yoan et moi, nous en sommes là. Bientôt quarante-huit heures que nous sommes enfermés à l'hôtel de police. Encore une demi-heure et le couperet fatidique va tomber. La loi ne permet pas de dépasser le temps d'une garde à vue, ne serait-ce que d'une minute. C'est un impératif absolu, sous peine de voir annuler tout le contenu des interrogatoires. Je me doute qu'au téléphone les discussions vont bon train. J'imagine les échanges :

– Mes respects monsieur le substitut du procureur. Vous avez décidé des suites à donner dans l'affaire Bombarde / Dietsch ?

– Du nouveau en ce qui concerne les interrogatoires ?

– Ils continuent de nier les faits.

– Et leurs familles, rien à en tirer ?

– Non, ils persistent à dire qu'ils sont de bons parents, incapables d'actes de maltraitance.

– Ça m'aurait étonné ! En tous cas, ce n'est pas ce que pensent les médecins, ils sont catégoriques !

– Nous faisons quoi ? On lève la garde à vue ou vous les placez en détention préventive ?

– Il paraît que la petite est dans un triste état... Je fais le point avec le professeur Leheup et je vous rappelle.

– Pas trop tard, monsieur le substitut du procureur...

– Je vous remercie, mais je connais mon métier !

De temps en temps, un inspecteur traverse le couloir. À chaque fois, je sursaute, me demandant ce qui a été décidé. Je vois passer la grande blonde, c'est elle qui m'a interrogée depuis que je suis entre ces murs. Elle doit avoir du métier, car elle a procédé comme une pro. Au départ, elle a joué la carte de la compassion, pianoté sur le registre : nous sommes des mamans toutes les deux... Pour créer un échange affectif, elle a adouci l'ambiance, l'a rendue presque amicale. Elle s'est montrée adorable avec moi, et le mot n'est pas trop fort. Sachant que je fume, elle a même poussé la sollicitude jusqu'à envoyer un jeune inspecteur m'acheter des cigarettes et m'a autorisée à en allumer une dans le bureau. Ça semble être un détail, mais vu la grande solitude dans laquelle je me trouvais, pour moi c'était un réconfort. Et puis, elle m'a parlé de ses proches, montré la photo de son petit garçon, m'a raconté sa vie.

J'étais là pour répondre à ses questions, pas pour lui servir de confidente. J'ai fini par me demander pourquoi elle me parlait comme à une amie, pourquoi elle me confiait ses souvenirs les plus intimes. Et puis j'ai compris que m'inviter dans son cercle familial faisait partie d'une technique de manipulation. Provoquer, agresser, effrayer, ça crée chez l'interlocuteur une réaction de défense. Le ton se durcit, les échanges deviennent conflictuels, chacun campe sur ses positions. Parfois certains finissent par craquer, mais à la longue seulement. Pas très rentable quand l'affaire a un caractère d'urgence. Il existe cependant une alternative qui a fait ses preuves : créer un lien avec celui qui est sur la sellette, instaurer une forme de complicité. Malgré les apparences, il est plus difficile de résister à une caresse qu'à un coup de bâton... La fliquette, pour mieux me manœuvrer, m'a raconté que son fils lui manquait terriblement, qu'à cause de notre affaire elle ne l'avait pas vu depuis cinq jours et qu'il allait mal. Elle travaillait jour et nuit, ne pouvait plus rentrer chez elle et n'avait même plus le temps de manger. Le cœur lourd, l'inspectrice m'a révélé qu'elle avait dû confier son fils à ses beaux-parents et que, chaque soir, il pleurait en demandant quand sa maman revenait... Si je compatissais sincèrement, je ne pouvais pas lui avouer ce qui ne s'était pas passé juste pour qu'elle retrouve son fils.

Au bout de vingt-quatre heures, quand elle a constaté que sa tactique ne fonctionnait pas, l'inspectrice a complètement changé d'attitude. Oubliées, la complicité féminine et la cigarette que nous avions fumée ensemble, le changement a été brutal. Je lui ai demandé :

– Vous ne pouvez pas vous renseigner pour avoir des nouvelles de ma petite fille ?

– Parce que maintenant vous vous souciez de la santé de votre fille ? C'est nouveau ! Quand vous laissiez votre compagnon faire l'avion avec elle, vous ne vous préoccupiez pas de savoir si c'était dangereux...

– Mais... elle n'a pas été blessée.

– Donc, il est normal que votre copain jongle avec votre bébé ? Moi, en tant que maman, je trouve ça inadmissible... mais vous, vous n'êtes pas une mère normale. Vous vous moquez pas mal de votre fille, c'est un amusement, un gadget pour vous !

Le masque était tombé, révélant une femme exécrable. Elle m'a tellement déstabilisée que j'ai fondu en larmes. Sa réaction a été cassante :

– La voilà qui pleure maintenant ! C'est un peu tard... Au lieu de chialer, vous feriez mieux d'assumer vos erreurs !

À partir de là, elle n'a cessé de me descendre en flèche. C'était un tir de harcèlement, je recevais chacun de ses coups de plein fouet. À force de me traiter de tous les noms, d'affirmer que j'étais une mère indigne et de plus une dissimulatrice, je me suis remise en question. Je cherchais ce que j'avais pu faire de mal, à quel moment Yoan avait éventuellement dérapé, si j'avais été aussi inconsciente et superficielle qu'elle le disait. Constatant qu'elle avait ouvert une brèche, l'inspectrice s'y est précipitée :

– Vous nous avez dit être allée à la pharmacie pour acheter des médicaments. On a vérifié, personne ne se souvient de vous. Ça ne vous fatigue pas de raconter n'importe quoi ? Vous êtes la pire menteuse que j'ai jamais rencontrée !

Mais le moment où l'inspectrice a été la plus cruelle, c'est pendant la seconde garde à vue, quand pour la dixième fois je lui ai répété :

– Mais au lieu de me torturer avec vos divagations, pourquoi ne vérifiez-vous pas si Louna a la même maladie que moi ?

Elle s'est levée comme une furie, a sorti des photos en noir et blanc de son tiroir et les a balancées rageusement sur le bureau. Il y en avait au moins une vingtaine. Toutes montraient Louna, photographiée sous tous les angles et en gros plan : le visage gonflé, la joue tuméfiée, le crâne farci d'électrodes, le tuyau enfoncé dans la gorge et son petit corps si frêle, si fragile... L'inspectrice cherchait à me faire réagir et elle avait réussi son coup. De quand dataient ces clichés ? Signifiaient-ils que Louna était dans une situation critique ? J'ai commencé à pleurer à chaudes larmes, ce qui n'a nullement attendri la grande blonde :

– Regardez bien toutes ces photos ! Ce n'est pas la maladie qui l'a mise dans cet état. L'expert est formel : elle n'est pas malade. Alors, maintenant, avouez, affirmez que c'est un accident si ça vous chante, mais arrêtez votre comédie. Je veux la vérité !

– Qu'est-ce que vous voulez que je vous dise, on n'a rien fait !

– Pour que la petite se retrouve dans un état pareil, il s'est forcément passé quelque chose. On connaît la musique, vous savez ! Les larmes de crocodile, j'en ai vu d'autres. Ça suffit, arrêtez de nier l'évidence, parlez !

À chaque fin d'interrogatoire, les policiers me demandaient de signer la feuille où figuraient mes déclarations. Comme je me méfiais, je relisais soigneusement le procès-verbal : ça avait l'air de les agacer, en particulier quand je constatais que certaines de mes réponses avaient été modifiées...

– Je suis désolée, mais ce n'est pas ce que j'ai dit...

– Qu'est-ce qu'il y a encore ?

– Je n'ai pas dit que je ne m'étais pas du tout occupée de la petite ce jour-là, j'ai dit que je m'en étais moins occupée que d'habitude parce que j'étais malade...

L'inspectrice a rugi :

– Ah ça, on le sait, que vous êtes malade, vous n'arrêtez pas de le répéter. Mademoiselle Dietsch, vous commencez à me casser les pieds ! Vous n'allez pas chipoter sur un mot, ça ne change rien, c'est pareil.

– Non, pas du tout. De la façon dont vous avez tourné la phrase, j'ai l'air d'avoir laissé Louna seule toute la journée.

L'inspectrice, dans un geste de colère, m'a violemment arraché le procès-verbal des mains.

– Très bien, on recommence. Ça ne vous ennuie pas de me faire tout retaper ? Ah, il faut de la patience avec vous ! On y passera la nuit si besoin, mais on y arrivera, croyez-moi !

Quand j'ai été déférée devant le substitut du procureur, les policiers m'ont épargné la traversée de l'esplanade du tribunal de grande instance. Ils ont garé la voiture près du parking puis nous avons emprunté un escalier qui rejoignait l'entrée principale. Peut-être qu'ils redoutaient l'attitude des passants : une toute jeune femme traînée menottes aux poignets, ça peut provoquer des réactions intempestives, sinon d'indignation, au moins de soutien. Je me suis donc retrouvée brièvement au milieu de la foule, mais assez longtemps pour que la honte me monte au front. J'ai dû croiser une cinquantaine de personnes et j'avais l'impression que tous les regards étaient fixés sur moi. Curieusement, j'ai pensé : « Si papa et maman me voyaient, qu'est-ce qu'ils diraient de moi ? Que leur fille est une criminelle ? » J'ai préféré garder la tête baissée et à ce moment le flic qui était à mes côtés a lâché :

– Ce n'est pas la peine de baisser la tête, regardez droit devant vous, assumez ce que vous avez fait !

Même si les policiers étaient très désagréables avec moi, ils m'ont quand même ôté les menottes pour entrer dans le bureau du substitut du procureur. Dès que je me suis trouvée face à lui, il s'est adressé à l'un d'entre eux sur un ton sans réplique :

– Vous lui remettez immédiatement les menottes !

Pendant que le policier exécutait son ordre, le substitut du procureur m'a détaillée de la tête aux pieds, comme s'il cherchait à deviner quel genre de femme il avait en face de lui. L'examen a été rapide :

– Mademoiselle Diestch, vous êtes sûre que vous n'avez rien à me déclarer ? Non ? Je prolonge votre garde à vue de vingt-quatre heures et pour les mêmes chefs d'accusation. Messieurs, vous pouvez disposer !

Durant cette seconde partie de la garde à vue, j'étais de plus en plus souffrante et je vomissais sans cesse. À chaque fois, le petit jeune, le bleu, me disait : « Vous ne tirez pas la chasse d'eau, je dois vérifier… » Même quand je m'épanchais dans la poubelle, il observait minutieusement son contenu pour voir si je ne simulais pas. Le pauvre obéissait à ses supérieurs et semblait un peu dépassé. Je pensais : « Ils sont tous frappés, comment veulent-ils que je fasse semblant ? »

Nous étions maintenant à la fin du temps imparti à la garde à vue. Rien ne bougeait quand, brusquement, j'ai aperçu à l'autre bout du couloir deux flics qui entraient dans la cellule de Yoan et lui passaient les menottes avant de l'emmener. Yoan avait été placé en garde à vue avant moi, l'échéance devait être arrivée à son terme pour lui et ce que je voyais n'était pas de bon augure. On ne met pas les menottes à un homme qui va être libéré. J'étais anéantie… Alors, toutes nos protestations n'avaient servi à rien ? Personne ne nous avait entendus ? Le pouvoir médical affirmait que nous étions coupables et tous se rangeaient dans le camp des médecins. C'était la lutte du pot de terre contre le pot de fer dès le départ, et malgré notre bonne foi, nous étions battus d'avance !

YOAN

– 16 –

Le coup de grâce

Je le savais, j'y croyais dur comme fer. Les flics viennent de faire claquer les menottes autour de mes poignets avant de m'embarquer pour un voyage au bout de la nuit. Je dormirai ce soir en prison… J'attends dans un bureau que l'on me rende mes affaires personnelles, qui m'ont été confisquées en entrant dans ces lieux. Par la fenêtre, j'aperçois deux voitures de police, avec leurs équipes, attendant moteur à l'arrêt. C'est une évidence : l'une est pour moi, l'autre pour ma compagne. Sabrina me rejoint, à la fois paniquée et soulagée. Depuis un quart d'heure, elle tourne en rond en se demandant où je suis passé, si je l'ai précédée à la maison d'arrêt, ou si je me trouve encore dans l'hôtel de police. Elle garde encore un peu d'espoir, ça se voit dans ses yeux. Moi, j'en ai tellement bavé que je ne ressens plus rien. J'attends, c'est tout.

Nous nous retrouvons assis sur une chaise, les flics nous tendent des papiers à signer. Je suis si épuisé, si las de cette mascarade qui, d'un coup de baguette diabolique, nous a fait passer du statut de parents aimants à celui de bourreaux d'enfant, que je n'ai plus qu'un désir : que tout se termine ! Alors, je signe sans regarder, quelle importance ? Sabrina s'exécute elle aussi, mais elle a quand même le ressort de demander :

– Qu'est-ce que ça veut dire ?

Sèchement, le policier lui répond :

– Vous êtes libres, vous pouvez y aller !

– Quoi ? On ne va pas en prison ?

– Allez-y, cassez-vous !

Nous avons du mal à comprendre, ça semble tellement irréel que les mots ne signifient plus rien...

– Vous êtes sûrs ?

L'inspecteur garde les lèvres serrées, je vois les muscles de ses mâchoires se crisper. Dans un souffle, en me fusillant du regard, il crache :

– Cassez-vous, et vite !

Visiblement, notre mise en liberté n'enchante pas les flics, ils affichent une mine écœurée. Si ça n'avait tenu qu'à eux... Mais le substitut du procureur a pris sa décision et elle ne se discute pas. Incarcérer un homme et une femme qui, en dehors de la conviction des médecins et des expertises psychiatriques, n'ont contre eux pas la moindre preuve, qui ne se sont jamais contredits et dont les familles, dans leurs déclarations, ne corroborent aucun élément suspect, c'est problématique. Le substitut du procureur n'a pas vraiment le choix, même s'il a dû penser : « Ils s'en tirent bien, mais ils ne perdent rien pour attendre... »

Malgré nos jambes ankylosées par deux jours de piétinements, nous avons filé le plus vite possible. Soudain, j'ai repensé aux deux voitures de police en stationnement dans la cour et aux flics censés nous attendre à l'intérieur. C'était donc une mise en scène ? Jusqu'au bout, les flics ont voulu nous persuader que nous étions sur le fil du rasoir et que, finalement, nous n'en réchapperions pas. Puisqu'ils étaient obligés de nous relâcher, ils s'étaient offert le plaisir de jouer avec nos nerfs et, jusqu'à la dernière minute, de nous mortifier. Une façon de se venger d'être devant le fait accompli et de devoir exécuter un ordre qui les révoltait.

Sur le trottoir devant l'hôtel de police, et seulement à ce moment-là, nous avons réalisé que nous venions d'échapper au pire. Nous ne parvenions pas à croire à ce qui nous arrivait. Nous quittions ce blockhaus bétonné sans avoir été déférés devant un juge d'instruction, ni été mis en examen et sous contrôle judiciaire : donc, nous n'étions soumis à aucune obligation. Pendant la garde à vue, mon avocate m'avait expliqué qu'il y aurait forcément des suites ; mais là, nous étions obligés de nous rendre à l'évidence : nous sortions de ce voyage au bout de l'enfer comme nous y étions entrés, les mains dans les poches !

Le vent froid a giflé mon visage et l'odeur des pots d'échappement est venue me chatouiller les narines. J'ai écouté les rumeurs de la ville, et compris que toutes ces petites choses de la vie, que l'on remarque à peine au quotidien, symbolisent la liberté. Nous avons pris le tram comme deux morts vivants. Tout ce que nous avions vécu depuis quarante-huit heures se bousculait dans nos têtes. Nous étions assis, amorphes, comme désincarnés, avec la sensation d'être d'une saleté repoussante. Dès que nous sommes rentrés à l'appartement, nous sommes allés nous doucher, comme si toute cette eau ruisselant sur notre peau allait nous laver de la brutalité et de l'humiliation subies. Dès qu'elle en a eu terminé, Sabrina s'est habillée à la va-vite et, sans m'attendre, elle est repartie à l'hôpital en priant le ciel que Louna soit tirée d'affaire. Sa mère et sa sœur étaient sur place. Ne sachant pas que nous avions été relâchés, elles ont éclaté en sanglots en la voyant. Depuis le début de la garde à vue, toutes deux se relayaient avec ma mère pour surveiller la petite. Sabrina, restée sans nouvelles de Louna depuis deux jours, s'est précipitée dans sa chambre : là, elle a poussé un soupir de soulagement en constatant qu'elle avait été extubée. Les médecins avaient retiré le tube maintenu jusque-là dans sa bouche par des adhésifs. Son visage était à nouveau intact et elle dormait paisiblement. Puisque les policiers nous avaient relâchés sans même nous notifier une mise en examen ou l'injonction de rester à la disposition de la justice, nous pouvions espérer la ramener bientôt à la maison, dès que son état serait stabilisé.

Tout ce que nous avions supporté en garde à vue nous avait profondément atteints. Sabrina ne trouvait le sommeil qu'en plaçant sur son oreiller la gigoteuse de Louna, ce petit sac qui remplace les couvertures et dans lequel le bébé reste au chaud. Elle posait la tête sur cette taie improvisée et enfouissait son nez dans le tissu, pour sentir l'odeur de notre fille. Elle me disait que ça l'apaisait. Ce « doudou » lui permettait de trouver quelques heures de repos, faute de quoi elle errait sans but dans l'appartement, ressassant tout ce qui s'était passé. Parfois, en proie à un cauchemar, elle se réveillait en sursaut et en larmes. Tant que Louna ne serait pas de retour, rien ne serait plus comme avant. Nous étions détruits.

Chaque jour, nous allions à l'hôpital pour voir la petite. Nous étions dans sa chambre quand, le 23 février 2012, soit cinq jours après notre libération, une infirmière est venue nous trouver :

– L'assistante sociale de l'hôpital vous attend dans son bureau...

– Vous savez ce qu'elle nous veut ?

– Vous verrez ça avec elle.

Libres ou pas, les soignants étaient toujours aussi méprisants avec nous. Ils n'avaient pas dû apprécier la décision du substitut du procureur et manifestaient ostensiblement leur désapprobation. Quand nous nous sommes retrouvés face à l'assistante sociale, elle n'a pas pris de gants pour nous jeter à la figure sa phrase assassine :

– J'ai demandé à vous parler pour vous signifier qu'il y a une ordonnance de placement provisoire de quinze jours concernant votre fille Louna. À la fin de ce délai, une nouvelle ordonnance sera rendue.

– Elle ne rentrera pas à la maison avec nous ?

– Non, elle va être placée dans une famille d'accueil.

– Mais pourquoi ? Nous avons été blanchis...

– C'est une décision administrative des services judiciaires. Le substitut du procureur de Nancy a statué, je n'ai rien d'autre à ajouter !

Sabrina est devenue toute pâle et a fondu en larmes. Cette nouvelle tombait au moment où nous commencions juste à nous détendre un peu. Après ce que nous avions enduré, nous espérions que la situation s'arrangerait rapidement. Cette nouvelle nous a fauchés, c'était le coup de grâce. Nous étions abasourdis. Comment allions-nous réussir à sortir de ce pétrin ? Malgré son hostilité, j'ai demandé à l'assistante sociale :

– Mais qu'est-ce qui motive cette décision ?

– Le principe de précaution, et donc le signalement qui a été fait...

Avant qu'elle puisse terminer sa phrase, je lui ai lancé :

– Qui a été fait par la chef de service et en votre présence, c'est bien ça ?

– Exactement ! Tant qu'il y aura des doutes sur votre culpabilité, on ne vous rendra pas votre fille. Elle dépend désormais des services sociaux de Meurthe-et-Moselle. Je précise en outre que le jour où elle sortira de l'hôpital et où la famille d'accueil la prendra en charge, vous n'aurez pas le droit d'être présents.

C'était sans appel et nous n'avons même pas protesté. Ça n'en valait pas la peine, ça n'aurait rien changé…

Louna est restée quinze jours en réanimation, puis deux semaines dans le service de pédiatrie. La maladie ne s'est pas manifestée à nouveau, mais il y a eu un moment tendu quand les médecins ont constaté qu'elle avait une brûlure au pied. Immédiatement, pensant que nous étions à l'origine de cette blessure, nous avons été suspectés. Heureusement, après vérification, ils se sont rendu compte que c'était une électrode qui avait chauffé et brûlé son gros orteil. Pour une fois, nous avons eu de la chance ! Je n'ose imaginer ce qui se serait passé si les médecins n'avaient pas identifié la cause de cette lésion…

Le jour où Louna est sortie de l'hôpital, en accord avec Sabrina, je n'ai pas bravé l'interdiction de la voir. Je ne voulais pas créer de tensions avec l'Aide sociale à l'enfance (ASE) dont elle dépendait désormais. La décision était injuste, mais le climat était assez pénible comme ça pour ne pas en rajouter. De plus, ma fille Lysa était avec moi : je ne souhaitais pas qu'elle soit témoin d'une scène qui pourrait la heurter psychologiquement. Sabrina, elle, ne l'entendait pas de cette oreille : rien ni personne n'aurait pu l'empêcher de rejoindre Louna. Il était donc hors de question qu'elle obéisse à l'assistante sociale. Ne sachant à quel moment la famille d'accueil allait emmener la petite, dès 7 heures du matin, toutes griffes dehors, Sabrina était sur place, le cœur battant plus vite dès qu'elle entendait de l'agitation dans le couloir. Vers midi, elle a vu arriver de loin une petite femme blonde, le visage fermé et traînant une fillette d'une dizaine d'années, une gamine dont elle avait la garde. La dame a bifurqué vers la salle où se tenaient les soignants, et indiqué qu'elle venait prendre en charge Louna. Elle était très contrariée que Sabrina soit dans la chambre, en principe il ne devait y avoir personne. Nous apprendrons plus tard, qu'elle ne s'est pas gênée pour signaler aigrement cette « anomalie » à l'Aide sociale à l'enfance... Après un bonjour expédié comme une corvée, elle s'est dirigée vers le berceau pour prendre le bébé. Sabrina l'a devancée et a pris Louna dans ses bras. La dame n'a pas eu l'air enchantée mais n'a pas eu un geste pour l'en dissuader : on n'enlève pas sans risque son petit à une mère louve...

Après un passage au service administratif pour régler la paperasse habituelle, Sabrina s'est retrouvée avec le bébé devant une Renault Trafic garée sur le parking de l'hôpital. Elle m'a raconté que, pour empêcher le chagrin de la submerger, elle parlait sans cesse, expliquant, par exemple, comment bien nourrir la petite. Sabrina avait allaité Louna, ce qui avait créé une relation charnelle profonde entre elle et le bébé. Elle savait donc dans quelle position Louna s'endormait paisiblement, quelles caresses elle préférait, quels mots chuchotés à son oreille la faisaient sourire aux anges. Elle insista aussi sur ses habitudes, sur le fait que sa peau était fragile et qu'il fallait changer sa couche régulièrement pour éviter les irritations. Ces recommandations n'étaient pas impératives : Sabrina parlait avec gentillesse et douceur des petites choses de la vie de notre bébé, mais l'assistante familiale l'écoutait à peine. Elle affichait une mine blasée, signifiant qu'elle jugeait toutes ces précisions vraiment superflues. Sabrina voyait bien qu'elle mourait d'envie de lui dire : « Ça va, arrêtez les frais, je sais ce que j'ai à faire ! » Le plus douloureux, c'est que nous ne la connaissions pas du tout. Serait-elle une maman de substitution affectueuse pour Louna ? Saurait-elle se lever la nuit et la consoler quand elle pleurerait ? En tout cas, aucune parole apaisante n'est sortie de sa bouche, pas un mot qui puisse rassurer une maman désespérée n'ayant plus que quelques minutes à passer avec sa petite fille. On avait l'impression que cette femme se rendait à un bureau de poste pour prendre livraison d'un paquet. Elle n'avait aucune envie de se montrer aimable avec la guichetière...

C'est Sabrina qui a installé la petite dans le Trafic. Elle lui a caressé la joue, l'a embrassée et, comme la conductrice s'impatientait et ne se gênait pas pour le montrer, elle a fermé la portière. Le plus longtemps possible, elle a suivi des yeux cette voiture qui a commencé à rouler doucement avant de prendre de la vitesse et de disparaître. Dans ce véhicule, il y avait notre bien le plus précieux, un amour de petite fille de quatre mois, à la santé si délicate que sa vie tenait à un fil. Sabrina, restée seule sur le parking, s'est mise à pleurer sans discontinuer. Et puis brusquement, incapable de se contrôler, elle a suffoqué sous les sanglots, criant son manque et sa souffrance comme un animal blessé.

Quand Sabrina m'a raconté cette scène inhumaine, je suis sorti de mes gonds. J'étais partagé entre la rage et l'épouvante. Et paniqué à l'idée que notre petite fille serait condamnée si une crise la frappait. Parce que, maintenant nous en étions certains, Louna avait la même maladie génétique que Sabrina. Mais à quoi servait notre certitude, puisque les médecins avaient soutenu que ce n'était pas possible. « Pas avant l'âge de l'école primaire ou la puberté », avaient-ils affirmé... Quelle ineptie ! Alors, comment expliquaient-ils que sa maman avait failli mourir d'un œdème du visage à quatre ans ? Pas besoin d'attendre leur réponse, ils ne l'expliquaient pas. Ils avaient refusé d'effectuer un test de dépistage sur la petite, et le résultat de ce refus était catastrophique. Si Louna était à nouveau gravement malade, en l'absence du seul médicament qui pouvait la sauver, elle était condamnée.

Malgré mon angoisse et ma colère, après m'être calmé, à la réflexion je n'ai pas regretté de ne pas avoir été aux côtés de Sabrina. Il faut posséder une force de caractère peu commune pour supporter sans moufter qu'on vous arrache votre enfant. Si j'avais été sur place, je me serais retenu, contenu, mais je suis sûr qu'au dernier moment, quand la voiture aurait été sur le point de démarrer, je me serais précipité et, sans me soucier des conséquences, je me serais jeté sur ma fille et je l'aurais emportée. Si j'ai préféré rester à l'écart, c'est aussi parce qu'à cette époque j'étais trop respectueux des lois et de l'ordre établi pour agir de la sorte. Je tempérais, j'essayais de me montrer discret, et même de plaire... Si Sabrina et moi avons été malmenés à ce point alors que nous étions innocents, c'est parce que nous étions des gentils. Comme je le raconterai plus loin, il nous a fallu attendre deux ans et demi avant de taper du poing sur la table et décider de ne plus rien lâcher. Jusque-là, nous étions de bons petits agneaux – et nous l'avons chèrement payé.

Il était évident que le personnel médical ou l'Aide sociale à l'enfance avait renseigné l'assistante familiale sur les actes de maltraitance dont on nous accusait. Traditionnellement, une famille d'accueil est prévenue quand un enfant va lui être confié, mais on ne lui donne pas le motif du placement. Légalement, le rôle de cette famille est d'appliquer une décision judiciaire ; mais ce n'est pas pour autant qu'elle doit être informée des faits reprochés aux parents ou des soupçons qui pèsent sur eux. L'indiscrétion du personnel soignant et, certainement, d'autres confidences venues dont ne sait où ont biaisé les rapports que nous allions entretenir avec cette femme. À chacune de nos rencontres, elle a été d'une animosité incroyable, et prenant ouvertement parti contre nous. Elle aurait dû respecter la charte qui régit les conditions de placement, qui lui imposait de rester neutre. Nous étions très loin du compte... Cette femme nous traitait comme quantité négligeable et agissait comme si nous n'existions pas. Ainsi, à un moment, en se gardant bien de nous avertir, elle a décidé de partir en vacances avec son mari et d'emmener Louna. La moindre des choses aurait été de nous prévenir, d'autant que nous avions toujours l'autorité parentale – d'ailleurs, pendant toute cette affaire, elle n'a jamais été remise en question. Nous n'en avons jamais été dépossédés, donc nous avions notre mot à dire quand il était question que Louna quitte la région. Il y a loin de la coupe aux lèvres : l'assistante familiale, en accord avec l'ASE, ne s'est jamais souciée de l'autorité parentale. Elle faisait ce qu'elle voulait, quand bon lui semblait...

SABRINA

– 17 –

Le calvaire de la séparation

Je me retrouvais dans la situation d'une mère dont l'enfant est mort-né. Je regardais le berceau vide, les petites affaires de Louna soigneusement pliées dans le tiroir de sa commode, les jouets colorés que j'avais choisis pour favoriser son éveil, la table à langer. Sa chambre était intacte : nous l'avions laissée dans l'état où elle était quand nous sommes partis voir la pédiatre avant d'aller aux urgences. Malgré le chagrin qui m'étreignait, j'espérais revoir très vite Louna. Mais nous sommes restés un mois et demi sans rien savoir d'elle. Comme si cette absence n'était pas assez cruelle, avant ces brèves retrouvailles, une terrible nouvelle nous a foudroyés une fois de plus. C'était quinze jours après le placement de Louna et, comme il arrivait à son terme, nous étions sur des charbons ardents. Un matin, le facteur a sonné à la porte avec une lettre recommandée. J'ai aussitôt vu qu'elle venait du tribunal de grande instance de Nancy. Nous était-elle envoyée au sujet de notre mise en examen, ou au sujet de Louna ? C'est terrible, ces quelques secondes qui vous séparent de l'euphorie ou de l'effondrement… J'ai déchiré fébrilement l'enveloppe en papier kraft. Maladroitement, mes yeux se sont d'abord fixés sur les quelques lignes indiquant le nom du juge pour enfants et le numéro du cabinet où il statuait. En dessous, figurait un petit résumé des faits, du signalement et de la mesure prise précédemment. J'ai sauté le paragraphe pour arriver à la conclusion qui tenait en quelques mots : suite aux éléments qui lui avaient été rapportés, le juge prolongeait le placement de Louna de six mois ! La lettre a failli m'échapper des mains, je l'ai rattrapée juste à temps pour voir que nous avions droit à une visite d'une heure par semaine, dans un lieu neutre et médiatisé. Nous n'avons pas compris tout de suite ce que signifiait « médiatisé ». Ce terme technique voulait dire qu'en fait à aucun moment nous ne pouvions rester seuls avec notre petite fille : il y aurait toujours une personne pour nous observer.

J'ai d'abord eu la sensation de recevoir une grande claque et je suis restée sonnée, puis j'ai éprouvé un mélange contradictoire de colère, de tristesse et d'incompréhension : « Alors, ce n'est pas encore fini, ça recommence ! C'est de la persécution, quand tout ça va-t-il s'arrêter ? » J'avais l'impression d'être prise dans une spirale infernale, un tourbillon diabolique. Il ne laissait pas le moindre espoir. J'ai crié à Yoan : « Ça ne cessera donc jamais ? Ils vont nous détruire, avoir notre peau ! » Yoan semblait stoïque, mais je savais qu'il bouillait de colère. Il ne croyait plus depuis longtemps que Louna nous reviendrait et ne s'était jamais fait d'illusion sur la durée de ce placement soi-disant provisoire. Pour lui, c'était cuit, c'était mort. Médecins, juges, services sociaux, tous s'étaient ligués et ne nous laisseraient jamais en paix. Nous étions des grains de sable dans leur engrenage.

À cette époque, Yoan avait déjà cessé d'exercer son métier de DJ et nous vivions sur nos économies qui, au fil du temps, se réduisaient comme une peau de chagrin. Nous avons donc obtenu l'aide juridictionnelle, qui permet de bénéficier des conseils d'un avocat sans lui verser d'honoraires. Nous sommes allés consulter l'oracle en robe noire. Il a étudié notre dossier, nous a assuré qu'il sonnait creux et a affirmé que, dans six mois, tout serait pour le mieux dans le meilleur des mondes. Fort de cet avis éclairé, il nous a salués puis a refilé le dossier à un sous-fifre… Pour le maître en question, six mois, ce n'était pas la mer à boire : ça s'avalait sans même y penser, et surtout ça prouvait que les faits n'étaient pas graves. Moi, six mois sans Louna, ça me semblait une éternité…

Après un mois et demi d'attente, nous avons enfin eu le droit de voir Louna. Le rendez-vous était fixé au centre médico-social de Malzéville, tout près de Saint-Max où nous demeurerions après avoir déménagé à la suite de l'inondation de notre appartement provoquée par une précipitation qui surviendrait dans la nuit du 21 au 22 mai 2012. La veille du grand jour, Yoan était allé repérer les lieux avec sa maman. Nous ne disposions que d'une heure, donc il n'était pas question d'amputer ce si court laps de temps en nous perdant dans les rues. À l'époque, nous n'avions pas de voiture : nous avons décidé de parcourir à pied les trois kilomètres qui nous séparaient du centre. En marchant le long de la route, nous nous disions que cette visite allait passer à une vitesse terrible. Le temps d'arriver, de retirer nos blousons, de s'installer, il n'allait pas rester grand-chose... Nous sommes arrivés devant un tout petit bâtiment et Mme Creutzer, une assistante sociale d'une cinquantaine d'années aux cheveux rouges, nous a accueillis. Sa tâche consistait à planifier nos visites avec la famille d'accueil puisque tout contact direct nous était strictement interdit. L'ambiance était glaciale, à se demander si toutes ces femmes s'étaient donné le mot pour se montrer le plus antipathiques possible. Mme Creutzer nous a expliqué qu'elle était en charge du dossier de Louna et serait présente pendant toute l'entrevue. Nous étions en avance d'un quart d'heure, nous sommes donc allés sur le parking afin d'attendre la voiture de l'assistante familiale. J'ai vu un Trafic Renault ralentir à notre hauteur avant de se garer près de nous. Paradoxalement, ce moment tant attendu m'a plongée dans le désarroi. Au lieu de ressentir une joie immense, je revoyais dans ses moindres détails le moment où Louna m'avait été retirée. Je n'arrivais pas à me défaire d'une idée devenue obsessionnelle : je vais la perdre à nouveau ! Nous étions au mois de mars, Louna allait bientôt avoir cinq mois. L'assistante familiale est sortie de la voiture avec la petite dans les bras. Elle portait une robe bleue et verte avec des collants assortis que lui avait offerts ma mère. J'ai également reconnu les moufles et la combinaison roses que nous lui avions achetées en sortant de la maternité. J'étais très heureuse de la voir et je l'ai trouvée très jolie, mais il y avait comme de la tristesse sur son visage. Elle n'était pas gaie, elle ne souriait pas, alors que nous gardions le souvenir d'un bébé joyeux et rieur. J'ai eu l'impression en la regardant que la petite flamme qui brillait dans ses yeux s'était éteinte. J'avais une envie folle de la prendre dans mes bras, de la serrer, de la sentir tout contre moi. C'était hors de question : pas touche, je devais attendre l'autorisation de ces dames… L'assistante familiale ne m'a pas adressé la parole en remettant Louna à Mme Creutzer, elle m'a seulement gratifiée d'un bonjour rapide. Certains lieux se gravent dans votre mémoire à jamais… Je revois comme si c'était hier la pièce où nous avons pénétré pour profiter d'un peu d'intimité avec notre fille. Le décor était sinistre : des murs jaunes, un lino bleu marine, une petite banquette, et quelques pauvres nounours cabossés dans une vitrine. C'était moche, c'était triste…

Enfin Louna est dans nos bras, nous la couvrons de baisers, mais elle semble indifférente. Ce n'est pas possible qu'elle ne nous reconnaisse pas, la séparation est trop récente ; mais elle s'est déjà éloignée de nous. Mon impression ne fera que se confirmer au fil des visites : la famille d'accueil était devenue sa vraie famille et nous, nous avions autant d'importance pour elle qu'une nounou qui la garderait une heure par semaine. Pour conjurer le sort et que les mots s'impriment dans sa tête, je lui ai chuchoté :

– Maman et papa vont te récupérer très vite, ma Louna, tu vas revenir chez toi, avec nous.

Mme Creutzer a bondi de son siège :

– Arrêtez immédiatement de lui dire ça ! Vous n'en avez pas le droit !

– Mais pourquoi ?

– Ne discutez pas, ou la visite est terminée !

À un moment, elle est allée dans son bureau, situé juste à côté. L'assistante familiale l'a rejointe et, comme les portes étaient grandes ouvertes, nous avons entendu que, sans se soucier qu'on les écoute ou pas, elles nous critiquaient méchamment. L'une a demandé :

– Vous trouvez qu'ils se comportent comment avec la petite ?

Et l'autre lui a répondu :

– Ils sont complètement indifférents. Ils n'en ont strictement rien à faire d'elle.

– Nous sommes bien d'accord ...

C'était horrible, Yoan se retenait pour ne pas leur sauter à la gorge. Nous savions qu'il ne fallait surtout pas montrer notre colère, elles n'attendaient que ça pour sévir en nous privant de visites. Au prix d'un effort surhumain, nous sommes parvenus à nous calmer.

Mme Creutzer travaillait en binôme avec une psychologue. Les deux faisaient la paire ! Quand nous lui avons demandé d'ouvrir les droits, donc d'assouplir les horaires de visite et leur durée, elle nous a lancé :

– Ça ne servirait à rien puisque vous serez bientôt en prison...

– Mais pourquoi dites-vous ça ?

– Parce qu'il y en a un de vous deux qui est coupable, voire les deux.

– C'est la maladie qui l'a mise dans cet état, pas nous !

– Si vous avez des preuves, montrez-les ! Vous voyez bien, vous n'avez rien du tout... Ne rêvez pas, vous n'êtes pas près de la récupérer !

Ces réflexions tout à fait déplacées de la part d'une psychologue qui, en principe, devait faire preuve de neutralité bienveillante, me bouleversait. J'étais dévastée par ces visites dont je ressortais complètement frustrée. Je ne pouvais même pas donner le biberon à Louna, ces dames se débrouillaient pour le faire avant notre arrivée. Plusieurs fois, nous avons apporté à notre petite fille de jolis vêtements neufs. L'assistante sociale attrapait le sac d'un geste nerveux avant de nous dire, deux ou trois semaines plus tard : « Ça ne va pas ! C'est trop petit ! » De retour à la maison, à chaque fois nous nous sommes aperçus que rien n'avait été essayé : les étiquettes étaient intactes et encore attachées aux vêtements. À la visite médiatisée suivante, nous avons vérifié si ces vêtements étaient réellement trop petits pour Louna. En fait, ils lui allaient parfaitement…

Toutes ces contrariétés et humiliations affectaient ma santé : les crises se multipliaient et il ne se passait pas une semaine sans que je me retrouve à l'hôpital. Parfois, malgré ma volonté farouche de voir Louna, j'étais si mal en point que je manquais la visite. J'ai eu beau demander, supplier… Pas une fois on n'a tenu compte de ma situation. Je n'avais qu'à me débrouiller pour être là en temps et en heure ! Pas plus de souplesse pour Yoan. Sur le plan financier, c'était la catastrophe, et je n'ai pas honte de dire qu'à un moment nous avons vécu avec le RSA. Yoan se démenait pour que nous puissions joindre les deux bouts. Il enchaînait trois boulots l'un après l'autre, il était sur le pont jour et nuit. Il tenait à coups de Red Bull et de Guronsan, des dopants en vente libre d'une efficacité relative à faible dose mais qui provoquent des battements de cœur désordonnés quand on en abuse. Et Yoan ne lésinait pas sur les quantités… Sa boulimie de travail améliorait nos conditions de vie, mais elle était aussi pour lui une échappatoire. Il refaisait des prestations comme DJ, avait accepté un boulot à temps partiel dans une société d'événementiel et, incroyable mais vrai, il était officiellement surveillant dans un collège ! Trente-cinq heures par semaine, il jouait les pions auprès de gosses dont l'âge s'échelonnait entre douze et quinze ans. C'était ahurissant de penser que, dans le même temps, il était mis en examen pour violences sur mineurs ! Il est vrai que la présomption d'innocence prévalait, mais la situation n'en restait pas moins stupéfiante. La justice le poursuivait parce qu'il représentait un danger potentiel pour sa fille, mais le conseil départemental, pourtant au courant des poursuites, lui confiait des enfants !

Bien que n'étant pas inscrit à Pôle emploi, Yoan avait découvert sur leur site une annonce pour une « mission de service civique ». C'était le conseil départemental qui recrutait. Il a envoyé son CV et a été reçu par le responsable qui gérait le service Enfance et Éducation. Il a trouvé que Yoan avait une bonne présentation et des connaissances musicales qui pouvaient se révéler utiles. Il a consulté son casier judiciaire, a constaté qu'il était vierge… et Yoan a été engagé. Le plus incroyable, c'est que, dans le même bâtiment, ce responsable partageait des bureaux avec l'Aide sociale à l'enfance. Ses représentants ont tout de suite été au courant de cet emploi : c'est nous qui le leur avons signalé. Ils ont dû alerter le service Enfance et Éducation mais, n'ayant aucun pouvoir décisionnaire, ils n'ont pas pu empêcher que Yoan soit maintenu dans ses fonctions.

Si nous avions prévenu l'ASE, c'était parce que les horaires de Yoan (avec toutes ses activités) ne lui permettaient pas de venir voir Louna une fois par semaine, à l'heure indiquée. Nous avons donc demandé donc s'il était possible de modifier le jour de visite. Même pas en rêve ! Le refus a été catégorique : « S'il souhaite rencontrer sa fille, qu'il prenne des jours de repos ! » Comme il rétorquait que c'était impossible, on lui a répondu : « Alors, arrêtez de travailler ! » Pour le moins paradoxal, dans la mesure où quelque temps auparavant on nous avait reproché d'être des fainéants vivant des allocations sociales. Il s'est passé la même chose quand, à mon tour, j'ai réussi à dénicher un boulot de vendeuse dans une boutique de prêt-à-porter pour homme. J'y ai travaillé un an et, bien sûr, je ne décidais pas de mes horaires de travail. J'ai émis l'hypothèse que ma visite à Louna puisse tomber pendant mon jour de repos. Les services sociaux n'y sont pas allés par quatre chemins : « Vous commencez à être pénible. Vous arrêtez de travailler ou vous ne voyez plus votre fille. À vous de choisir ! » J'avais demandé que la visite soit le lundi à la place du mercredi. Dans l'absolu, ça ne posait pas de problème, mais la famille d'accueil s'y opposait : ce changement dérangeait l'assistante familiale et elle était bien décidée à ne pas faire le moindre effort. J'ai prévenu mes employeurs que je ne pouvais plus travailler le mercredi et... j'ai été virée !

******

Je me souviendrai toute ma vie du moment où, à la fin de notre première visite à Louna, est venu le moment de la séparation. J'étais effondrée, et pourtant traitée sans pitié. Mme Creutzer me considérait sans la moindre compassion, elle m'a balancé :

– Oh, ça va, c'est bon ! Vous allez la revoir la semaine prochaine, ce n'est pas la peine de faire toute cette comédie !

L'assistante familiale s'est rengorgée : j'étais punie et c'était justice ! Elle m'a arraché Louna des bras. Heureusement que Yoan était là pour me soutenir, sinon je serais tombée. Par la suite, ce moment tant redouté s'est répété des dizaines de fois. Et chaque nouvelle séparation était pire que la précédente. Je ne m'y habituais pas et je sombrais de plus en plus.

En juin 2012, quatre mois après l'épreuve des gardes à vue, le facteur sonne à notre porte et nous remet un courrier recommandé. Une instruction est ouverte, et nous allons prochainement recevoir une convocation devant le juge ! Jusque-là, je ne partageais pas le pessimisme de Yoan qui, lui, était certain que tôt ou tard nous serions mis en examen. Je ne baignais pas non plus dans un optimisme béat, car les propos de l'assistante sociale et de la psychologue étaient alarmistes ; mais ma nature positive me poussait à garder espoir. Là, c'était fini, on ne retrouverait jamais Louna : nous allions finir en prison, c'était couru d'avance.

Le 26 juin, nous nous sommes présentés devant la juge d'instruction. Elle devait partir en congé maternité et notre avocate nous avait conseillé, comme c'était notre droit, de refuser de répondre à ses questions. À quoi cela aurait-il servi de s'expliquer : elle allait être remplacée quelques jours plus tard… La juge n'a pas commenté notre volonté de garder le silence et nous a signifié notre mise en examen.

Nous ne rencontrerions le nouveau juge d'instruction que le 19 mars 2014, presque deux ans après cette première convocation. Deux très longues années… à croire que la justice nous avait complètement oubliés ! Nous avons appris par la suite que pendant tout ce temps personne n'avait voulu se charger de notre dossier et qu'il allait de bureau en bureau. C'est ce que nous a rapporté notre avocate, et ce qui se disait dans les couloirs du palais de justice. Cette affaire était maudite, un fardeau trop lourd à assumer, et les magistrats instructeurs se renvoyaient la balle pour l'éviter. La situation était illogique : nous étions accusés d'actes atroces et pourtant, pour la justice, il n'y avait pas urgence. Les mois défilaient et rien ne bougeait. Personne ne se demandait si une petite fille souffrait terriblement d'être séparée injustement de ses parents. Le plus déprimant, c'est que les juges pour enfants qui se succédaient refusaient tous de nous rendre Louna tant que le procès correctionnel n'aurait pas eu lieu et reconduisaient sans cesse le placement en famille d'accueil. Indépendamment de la brutalité des faits, il faut imaginer la violence psychologique générée par toutes ces péripéties. Même si nous avions été échaudés à maintes reprises, nous ne pouvions nous empêcher d'espérer. Tant qu'il y a de la vie, il y a de l'espoir… Et puis, à nouveau la douche froide, la déception, de plus en plus cruelle, désespérante.

Nous étions révoltés, il ne fallait plus nous parler de justice, on n'y croyait plus. Enfin, après être tombés sur des magistrats qui ne voulaient rien entendre, le 12 septembre 2013, une nouvelle juge pour enfants, Mme Moitry, a été chargée de notre dossier. Après avoir étudié notre affaire, sa décision a été radicale : « Je ne tiens plus compte du dossier correctionnel, je m'attache uniquement à l'intérêt de l'enfant ! » C'est elle qui, malgré l'avis défavorable de l'Aide sociale à l'enfance, a ouvert les droits, nous autorisant à rendre visite à Louna deux heures par semaine et à bénéficier d'un droit de sortie de deux heures supplémentaires. Sous la surveillance de travailleuses familiales qui venaient à la maison, nous pouvions même accueillir Louna à notre domicile. En revanche, Mme Moitry a fait passer la durée du placement de six mois à un an. C'était sévère, mais nous avons compris sa position. En fait, elle n'avait pas vraiment le choix : elle voulait bien adoucir les règles en vigueur, mais en contrepartie elle devait s'entourer de précautions. Et puis, de toute façon, avant que le droit de sortie soit enfin effectif, nous avons attendu six mois. L'ASE ne s'est pas précipitée pour en régler les modalités, sans doute pour ce service n'était-ce pas une priorité...

Mme Moitry était une femme intelligente et humaine. Elle avait bien vu que dans notre dossier de nombreuses questions restaient sans réponse. Trop d'éléments restaient opaques, l'ensemble était incohérent. Elle avait pris connaissance des courriers que nous avions adressés aux différents juges pour enfants. Dans nos lettres, nous dénoncions les rencontres avec Mme Creutzer qui se déroulaient dans une ambiance détestable, les propos de la psychologue qui nous assurait que nous finirions très vite en prison et nous sommait d'avouer. Il y avait aussi dans le dossier nos protestations auprès des représentants de l'ASE. Ils nous reprochaient d'être dans le déni et de refuser de reconnaître les violences qui nous étaient reprochées. Quand nous avons été convoqués dans leurs services à Jarville, près de Nancy, Louna avait déjà deux ans. Nos interlocuteurs n'ont pris aucune précaution pour nous annoncer que notre petite fille ne se nourrissait pas bien, qu'elle avait du mal à évoluer et était en proie à des frayeurs et des cauchemars qui la perturbaient. Nous avons eu plusieurs rendez-vous avec eux, à chaque fois c'était la même ritournelle :

– Avouez une bonne fois pour toutes ! Si vous voulez récupérer votre fille, faites votre examen de conscience et reconnaissez que vous lui avez fait du mal.

– Mais ce n'est pas possible, nous sommes innocents.

– Vous voulez la retrouver ?

– Oui, bien sûr, c'est notre vœu le plus cher.

– Alors, avouez ! Sinon, rien ne bougera.

La situation était kafkaïenne : si on reconnaissait les actes de maltraitance, on perdait Louna ; et si on ne les reconnaissait pas, on la perdait quand même. C'était à se taper la tête contre les murs ! Comme il n'arrivait à tirer quoi que ce soit de nous, le service social a procédé de manière beaucoup plus subtile : il a tenté de manipuler mes parents. Nous seuls avions un droit de visite, celui-ci ne concernait pas les grands-parents. Ma mère a donc écrit au juge pour obtenir la possibilité de voir sa petite-fille. Cette demande tombait juste au moment où le placement de Louna venait d'être renouvelé pour six mois. L'Aide sociale à l'enfance a contacté le juge et lui a proposé que mes parents deviennent « Service gardien », donc que la garde de la petite leur soit attribuée. Dans l'absolu, le juge n'y voyait pas d'inconvénient : nous avons donc été reçues, ma mère et moi, par les représentants de l'ASE. Ils ne nous ont pas dit clairement que Yoan était l'auteur des actes de maltraitance, mais ils l'ont sous-entendu avec insistance. Comme ils éprouvaient une certaine indulgence à mon égard, ils étaient prêts à m'aider. Si je voulais revoir ma fille, il y avait une solution très simple : comme la petite serait chez mes parents quelques semaines plus tard, il suffisait que je retourne vivre chez eux... C'était un choix cornélien, une décision impossible à prendre : je devais choisir entre Yoan et ma petite fille. J'étais si désespérée, si mal d'être loin de Louna que j'ai foncé tête baissée dans le panneau. Le 1er mai 2012, j'ai regagné la maison parentale. Deux semaines ont passé. Louna était toujours en famille d'accueil et Yoan me manquait terriblement. Nous avions une relation si passionnelle, si fusionnelle, que vivre sans lui était une torture. Mon bonheur, c'était de nous retrouver tous les deux avec Louna, pas de me retrouver avec elle loin de l'homme que j'aimais. Toujours très lucide, Yoan m'affirmait que tout cela n'était que de la manipulation, que le département où mes parents habitaient ne dépendait pas de la juridiction du juge, et que jamais il ne leur rendrait Louna. Ne serait-ce que sur un plan juridique, tout s'y opposait. J'avais tellement envie de revoir ma petite fille que je lui ai tenu tête. Des mots aigres ont été échangés, nous nous sommes fâchés. Mais ça n'a pas duré longtemps : à la réflexion, je me suis dit qu'une fois de plus il avait raison. Tout était fait pour dissocier mes intérêts de ceux de Yoan. Le but de cette manœuvre était de précipiter notre séparation et, pourquoi pas, de me pousser à dénoncer les actes odieux qu'il aurait pu commettre et que je j'avais tus jusque-là.

L'Aide sociale à l'enfance a réussi un exploit : amener mes parents à s'affronter sur la façon de gérer cette crise. Mon père répétait à ma mère de ne pas s'en mêler, qu'elle n'avait rien à y gagner et que, si elle le faisait, ça serait pire que tout. La suite lui a donné raison, parce qu'un jour où je rendais visite à Louna j'ai retrouvé Yoan dans le tram… et on ne s'est plus jamais quittés. Le soir même, l'ASE a téléphoné à ma mère pour savoir si j'étais bien rentrée chez elle. Elle a répondu par la négative. J'étais furieuse, je menais un combat terrible et elle s'était rangée dans le camp de l'ennemi. Après avoir été endoctrinée, elle était devenue leur complice. Au départ, ma mère voulait arranger les choses, mais le remède fut pire que le mal, et le résultat déplorable. Cet acharnement de l'ASE a tout fait exploser… Pendant un an, je n'ai plus adressé la parole à aucun membre de ma famille, pas même à mon père – pourtant resté en retrait. Je me suis complètement isolée, je ne voyais plus mes copines, je me repliais sur moi-même. Le monde extérieur n'existait plus.

J'étais dans ma tour d'ivoire depuis un an quand le téléphone fixe a sonné avec insistance. J'ai vu le numéro de ma mère s'afficher et je n'ai pas compris pourquoi elle renouvelait encore et encore son appel. J'étais si remontée contre elle que je n'ai pas répondu. Et puis ma sœur a elle aussi essayé de me joindre à plusieurs reprises. Là non plus, je n'ai pas décroché. Finalement, Jasmine, une amie de ma sœur, a réussi à me sortir de mon silence en me laissant un message sur Facebook. Elle me disait que quelque chose de très grave s'était passé et que je devais absolument accepter de parler avec ma mère. Subitement inquiète, je l'ai appelée :

– Qu'est-ce qui se passe ?

– Ton père a fait un AVC, il est transféré sur Nancy…

Je n'ai pas pu m'empêcher de me demander si ce n'était pas du baratin, une manœuvre pour renouer les liens. Aussitôt, j'ai appelé le CHU, mais le nom de mon père ne figurait pas sur la liste des admissions. De plus en plus sceptique, j'ai néanmoins réfléchi : ce n'était pas le genre de ma mère et de ma sœur de mentir en le prétendant en danger. Ne serait-ce que par superstition, elles n'auraient jamais osé. J'ai retéléphoné au CHU qui, cette fois, m'a confirmé l'arrivée de mon père. Il avait fait un AVC grave et était totalement paralysé. Je me suis rendu au service neurologie du CHU de Nancy pour lui rendre visite. C'est à cette occasion que j'ai revu ma mère. Elle était aussi déprimée que moi. Cet AVC a été un mal pour un bien. D'abord, parce que mon père s'en est remis sans séquelles. Ensuite, parce que j'ai renoué avec les miens. Mais cet éclatement de ma famille prouve qu'une erreur judiciaire ne frappe pas seulement ceux qui en sont victimes au premier chef. L'injustice se répercute comme une vague déferlante sur les proches et ce tsunami peut tout dévaster. C'est une onde de choc d'une terrible violence destructrice, personne n'en sort indemne.

YOAN

– 18 –

Le parcours du combattant

Après tout ce que nous avions enduré, un événement heureux est enfin arrivé dans notre vie. En mai 2012, la maladie qui ne lâchait pas Sabrina se manifeste par une très forte crise abdominale. Elle est hospitalisée en urgence. Comme d'habitude, elle subit une batterie d'examens et, à la faveur d'une prise de sang, les médecins découvrent qu'elle est enceinte d'un mois. Quand Sabrina m'a retrouvé dans la salle d'attente, elle pleurait. Je ne pouvais imaginer que c'étaient des larmes de joie et, très inquiet, je lui ai demandé :

– Mais que se passe-t-il ?

– J'attends un bébé !

C'était tellement inattendu, j'étais si bouleversé par cette annonce que je me suis mis à chialer comme un gamin. Sabrina était aussi heureuse et émue que moi. Décidément, nous étions faits pour nous rencontrer !

Seulement, pour bloquer la crise, les médecins avaient administré le médicament même qui avait stoppé la croissance de Louna. Ils étaient affolés. En apprenant que cette erreur s'était répétée, je suis entré dans une colère froide. S'ils avaient esquinté notre bébé, il valait mieux pour eux ne pas me tomber sous la main ! Ils ont envoyé Sabrina de toute urgence à la maternité pour vérifier si les injections n'avaient pas tué le fœtus. Nous avons patienté près de la salle des échographies et une jeune interne a procédé à l'examen. Le fœtus était réactif, il ne semblait pas affecté par les injections. La jeune interne, sans doute pour nous faire plaisir, nous a demandé si on voulait entendre battre son cœur. Nous n'avons pas hésité une seconde, et ce fut un moment magique !

La grossesse de Sabrina s'est déroulée au mieux. Son état la transportait de joie, elle était radieuse. Pour la dernière échographie, nous avons pris rendez-vous avec le meilleur spécialiste de la région. Nous étions persuadés qu'à cause de la maladie, ça ne serait pas un garçon. Logiquement, les chromosomes Y porteurs du gène masculin étaient détruits. Le spécialiste, en examinant l'image sur son écran, nous a dit qu'il discernait un pénis, mais nous ne l'avons pas cru. Il se trompait, ça devait être un petit bras... Nous avions déjà choisi le prénom de notre seconde fille. En fusionnant les prénoms de Lysa et Louna, nous avions trouvé Lylou et ça nous plaisait beaucoup ! Peu avant la naissance, Sabrina a attrapé, sans doute lors de la dernière échographie pelvienne, un staphylocoque doré. Elle a donc été immédiatement traitée, afin que le fœtus ne soit pas contaminé, et tout s'est arrangé.

Alors que Louna était prématurée, notre bébé, lui, est né à terme, le 5 décembre 2012. C'était bien un garçon et il était magnifique : 3,6 kilos ! Ma joie était indescriptible, d'autant que l'accouchement sous péridurale n'avait présenté aucune difficulté. Sabrina n'avait pas attendu longtemps, le bébé était arrivé en quatrième vitesse. Nous avons décidé de le prénommer Léo. Nous étions sereins, car persuadés qu'un petit garçon ne pouvait pas avoir la même maladie que Sabrina. Dans presque tous les cas, ce sont les filles qui transmettent l'affection et en sont porteuses. Et puis, s'il fallait vraiment envisager le pire, cette maladie était quand même maîtrisée.

Il y a des familles qui, sur plusieurs générations, sont frappées par des cancers récurrents, elles ne décident pas de renoncer à une descendance pour autant. Il y a encore un autre paramètre à prendre compte : les avancées de la médecine. Comme toutes les maladies orphelines, un jour, celle qui touche Sabrina et Louna sera éradiquée. On y croit, on doit y croire, c'est ce qui permet de faire avancer la recherche et de soulager tous ceux qui souffrent. Pour moi, c'est une certitude ! Et puis qu'y a-t-il de plus beau que d'avoir un enfant et de lui offrir la vie ?

Comme elle l'avait fait pour Louna, Sabrina a préféré allaiter Léo. Elle était dans le service des soins intensifs pour que les médecins surveillent et évitent qu'une nouvelle crise la terrasse, mais elle refusait que notre petit garçon soit à la pouponnière. Elle ne s'en séparait pas, sauf la nuit : à l'heure de la tétée les infirmières le lui amenaient.

Trois jours après sa naissance, elle s'est réveillée en pleine nuit, affolée. Personne n'était venu avec Léo et l'heure de l'allaitement était passée. Elle a sonné à plusieurs reprises et, au bout de vingt minutes, une infirmière est enfin venue lui dire : « La pédiatre va venir vous parler... » Sabrina m'a raconté qu'à ce moment-là une angoisse effroyable l'avait envahie et qu'elle en tremblait de la tête aux pieds. La pédiatre a été franche :

– Votre fils est en réanimation, il a fait un pneumothorax… C'est une urgence vitale, nous l'avons intubé et plongé dans un coma artificiel.

Sabrina est restée sans voix. Après Louna, c'était au tour du petit garçon… Cette complication est excessivement rare chez les nouveau-nés et, bien sûr, il fallait que ça tombe sur nous ! Ce n'était pas possible, l'histoire ne pouvait pas se répéter inlassablement. Quelle malédiction nous terrassait sans pitié ?

En fait de malédiction, l'accouchement avait été trop rapide. Alors, quand le bébé avait crié, les poumons s'étaient ouverts brutalement, ce qui avait provoqué une poche d'air comprimée dans la cage thoracique. Même si les médecins ne s'en sont pas rendu compte tout de suite, les lésions ont progressé les jours suivants et le bébé est entré en détresse respiratoire. Quand ils ont vu ses lèvres devenir violettes, ils ont compris le problème. À ce moment-là, un seul poumon sur les deux fonctionnait. Avec le recul, je pense que le produit ajouté par l'anesthésiste dans la perfusion pour accélérer les contractions était trop puissant. Sabrina n'avait poussé qu'une fois, et à la seconde poussée la moitié du corps du bébé était apparue. Avant même d'être entièrement sorti, il criait déjà.

L'appel de Sabrina m'a réveillé en sursaut. En apprenant cette affreuse nouvelle, j'ai sauté sur ma moto et foncé comme un malade en pleine nuit. Léo était intubé, sondé, avec tout un attirail de pousse-seringues. J'avais l'impression de revivre mes pires heures aux côtés de Louna. Moi aussi, j'ai pensé : « Ça recommence ! » Le coma, c'était pour qu'il ne souffre pas. Tout le reste je savais ce que ça signifiait : il était entre la vie et la mort. Le médecin m'a expliqué comment il avait pratiqué : il avait enfoncé une seringue vide dans le poumon, à fond, et aspiré l'air qui s'y trouvait. Le souci, c'est qu'il fallait trois ou quatre jours avant de connaître le résultat. Même dans ce piètre état, Sabrina refusait que Léo soit nourri avec du lait artificiel. Alors c'était le sien que les médecins lui administraient par sonde. Cinq jours plus tard, le bébé est revenu dans la chambre de Sabrina : le bout de chou était gaillard, il avait résisté ! L'ennui, c'est que, vu son problème santé, il était resté dix jours à la maternité. Et pendant tout ce temps, Sabrina n'avait pas pu aller visiter Louna. Elle culpabilisait à outrance, même la joie qu'elle ressentait en tenant Léo dans ses bras la faisait culpabiliser. Elle se demandait si, une fois grande, Louna ne penserait pas que ce petit garçon était tombé du ciel pour la remplacer et avait réussi à l'évincer dans le cœur de ses parents.

Pendant toute sa grossesse, Sabrina avait pris soin de prévenir Louna qu'elle allait avoir un petit frère et lui faisait toucher son ventre quand le bébé bougeait ; mais elle se méfiait terriblement de la psychologue et de Mme Creutzer. Elle n'avait pas tort… Quand cette dernière a appris que Sabrina était enceinte, elle s'en est donné à cœur joie. L'assistante familiale n'était pas en reste :

– Comme si ça ne suffisait pas d'avoir déjà une petite placée, il a fallu qu'ils en refassent un. On ne peut pas dire que l'absence de leur môme leur a coupé les jambes, ils ont trouvé assez d'énergie pour lui faire un petit frère…

Les deux femmes se tenaient les côtes, tant elles riaient. Elles se moquaient pas mal que nous entendions chacun de leurs mots, assis comme nous l'étions dans la pièce à côté.

Nous sommes rentrés à la maison avec notre bébé. Les mois passaient, et je le voyais se déplacer à quatre pattes et gazouiller. Même si je m'étais beaucoup impliqué dans la vie de Lysa, elle n'était pas tous les jours avec moi. C'était donc une découverte. Parfois, Léo arrivait à prononcer : « Ma…ma ! » Quel bonheur d'entendre ces sons sortir de sa petite gorge. Je rentrais chez moi quand Sabrina m'a annoncé que l'après-midi même il avait dit :

papa. Il l'a redit le soir et j'ai eu l'impression de me retrouver au paradis ! À cette époque, je travaillais beaucoup. Quand je n'étais pas au boulot, je dormais quelques heures pour récupérer, et à peine réveillé je repartais. J'ai fini par m'occuper de moins en moins de Léo. Non parce que je ne l'aimais pas, bien au contraire : je lui parlais, le cajolais, mais insensiblement je m'éloignais. Je ne le prenais plus dans mes bras, et surtout je ne jouais pas avec lui – je ne faisais surtout pas l'avion... Je sais, c'était ridicule, mais cette histoire m'avait réellement traumatisé, je l'avais très mal vécue. Ce n'était pas du détachement que j'éprouvais à l'égard de mon fils, en vérité j'avais peur. Je redoutais de mal m'en m'occuper, d'avoir un geste maladroit. Sabrina, elle, avait une peur panique qu'il nous soit enlevé, elle en était malade. J'avais beau lui expliquer qu'elle n'avait rien à craindre, elle n'en démordait pas. Pour la rassurer, je lui ai même dit que si la moindre menace se profilait à l'horizon, on filerait avec Léo se réfugier à l'étranger, que je reviendrais chercher Louna et que nous commencerions une nouvelle vie à des dizaines de milliers de kilomètres. Tout ce qu'elle a trouvé à m'opposer, c'est qu'Interpol ne nous laisserait pas faire : je lui ai assuré que nous serions invincibles et introuvables. Nous avons éclaté de rire...

Pendant que je travaillais comme un damné, Sabrina s'occupait non seulement de toute l'intendance, mais aussi des enfants. Elle accueillait Lysa la semaine où elle venait, prenait Léo sous son bras et ils couraient tous les trois rendre visite à Louna. Sabrina cuisinait, lavait, faisait les courses, préparait les repas : présente sur tous les fronts, elle se comportait comme un brave petit soldat. J'étais si fier de la voir se démener ainsi. Mais elle, harassée, se sentait abandonnée... Nous avons fini par discuter et faire le point sur la situation. Elle a un caractère bouillant, et moi aussi. Ça provoque des étincelles, mais pas au point de mettre le feu et de consumer notre couple. Elle a compris ma crainte, j'ai entendu sa frustration, mais elle ne s'en est pas vraiment remise. Aujourd'hui, je rêve d'avoir un autre bébé, mais Sabrina est hantée par ces deux années où certains démons intérieurs m'ont dissuadé de prendre vraiment en charge Léo. Je souhaite de tout cœur qu'elle change d'avis. Il faut laisser le droit à toute personne d'évoluer, de comprendre ses erreurs passées pour ne pas les répéter.

Pendant toute la période où nous avons dû nous occuper à plein temps de Léo, même si nous avons raté des visites, nous ne négligions pas pour autant notre petite fille. Elle restait notre première, notre « grande » – en ce qui me concerne, après Lysa bien sûr, plus grande qu'elle. Les nouvelles de Louna étaient mauvaises. Elle avait pris beaucoup de retard, et sur tous les plans. Ses premiers pas, elle ne les a faits qu'à quinze mois. À trois ans, elle s'alimentait toujours avec des petits pots pour bébé et refusait toute autre nourriture. Elle parlait avec beaucoup de difficulté et personne ne comprenait ce qu'elle disait. C'était comme si elle s'était interdit de grandir et d'évoluer : elle stagnait. Quand nous allions la voir, elle se jetait dans nos bras, mais juste par automatisme, comme le fait de nous appeler papa, maman. Ça tenait plus du rituel que de la compréhension. Elle avait l'habitude de procéder ainsi et s'y tenait. On souffrait beaucoup de voir qu'elle se détachait de plus en plus de nous. Elle repartait aussi naturellement qu'elle était arrivée, ça ne lui faisait ni chaud ni froid. À un moment, nous pouvions lui téléphoner en passant par le mobile professionnel de l'aide familiale. Au début, on l'appelait tous les jours, puis ce fut tous les deux jours parce que ça dérangeait sa famille d'accueil. L'assistante familiale s'est plainte auprès de l'ASE d'être harcelée, alors on a espacé de plus en plus nos appels. Cette femme s'est toujours comportée de façon sournoise. Quand nous habitions dans notre second appartement à Saint-Max et que nous avions le droit de recevoir brièvement Louna, au lieu de nous la remettre à l'extérieur, elle montait et frappait vigoureusement à la porte. Par politesse, nous l'invitions à entrer et on voyait bien ses yeux furetant partout. Rentrée chez elle, elle envoyait un rapport détaillé à l'ASE, sur la façon dont nous entretenions notre domicile. Elle décrivait le cadre en insistant sur la décoration et les bougies disposées un peu partout. D'après elle, c'était tout sauf l'appartement d'un couple désespéré par la perte de leur petite fille... Ma sœur Pauline adore les enfants en général, et Louna en particulier. Quand nous avions la chance d'avoir les deux réunies chez nous, Pauline emmenait sa nièce profiter du petit parc situé juste sous nos fenêtres. Nouveau rapport immédiat de l'assistante familiale : Sabrina Dietsch et Yoan Bombarde sont incapables de s'occuper de leur fille. Dès qu'elle est chez eux, ils la refilent aussitôt à sa tante qui va la faire jouer dans un jardin pour l'occuper... Quand nous nous inquiétions pour sa santé, à l'entendre, tout allait bien, et l'ASE ne la contredisait jamais. Par la suite, nous avons récupéré le carnet de santé de Louna et nous avons constaté que c'était archifaux ! Toutes les semaines, elle avait des diarrhées et, par épisodes, de violents maux de ventre et des vomissements inexpliqués. Quant à son poids… elle restait une crevette. Jusqu'à neuf mois, la courbe était normale puis elle s'était effondrée. À un an, Louna pesait sept kilos… Jusqu'à deux ans, elle était incapable d'avaler de la nourriture coupée en petits morceaux : dès qu'elle les avalait, elle vomissait. Au lieu de penser que ses parents lui manquaient, l'ASE a prétendu que ses problèmes alimentaires étaient dus à une réaction traumatique aux actes de violence qu'elle avait subis.

En septembre 2013, la juge pour enfants a mandaté le CAMS, le centre d'action médico-social, afin qu'il effectue une expertise. Louna a été examinée par une pédopsychiatre, une psychologue et une psychomotricienne. Une assistante sociale indépendante était également présente. Leurs conclusions étaient claires : Louna présentait des troubles d'origine psychologique. C'était une évidence, nul besoin d'avoir effectué de longues études de psy pour parvenir à ce résultat. Le souci, c'était le facteur déclenchant : la séparation, ou les soi-disant mauvais traitements ? Pour établir leur diagnostic, les spécialistes, à défaut d'entendre la petite, ont longuement écouté l'assistante familiale et son mari qui n'ont pas fait dans la dentelle : Louna avait peur de tout, paniquait sur la table à langer et ce, dès qu'ils en avaient été chargés. Dans ces conditions, les spécialistes ont conclu que les troubles étaient réactionnels à des traumatismes ayant eu lieu avant le placement. Qu'auraient-ils pu faire d'autre ? Quand on n'entend qu'un son de cloche...

Six mois plus tard, nous avons été prévenus que l'instruction de notre affaire était close. La veille, nous avions été reçus par la juge. En nous rendant à son bureau, nous avions croisé notre « cher ami », le substitut du procureur. Nous attendions dans le couloir quand il nous a vus. Il s'est aussitôt arrêté et, accoudé à une sorte de comptoir, il nous a fixés. Puis il a eu un sourire en coin et un regard d'une ironie mordante. Il devait se dire : libérés peut-être, mais condamnés sûrement...

L'entretien avec la juge a été très bref : nous n'avions pas notre mot à dire concernant sa durée, et nous nous sommes contentés de ce rapide face-à-face. Avant cette entrevue, elle avait demandé à deux médecins, MM. Ludes et Goichot, de rédiger une contre-expertise. La question de la juge était simple : Louna souffrait-elle de la même maladie orpheline que sa mère et en présentait-elle les symptômes ? Le professeur Goichot connaissait très bien cette affection. Il était le relais entre le CHU de Strasbourg, où il officiait, et celui de Grenoble où il était médecin référent pour cette maladie. Il avait donc une vision très claire de ses symptômes et des dégâts qu'ils pouvaient provoquer. Pourtant, contre toute attente, il s'est rangé à l'avis de ses prédécesseurs et a affirmé que Louna n'était atteinte d'aucune affection. Une fois de plus, le très jeune âge de notre fille induisait une énorme erreur de diagnostic. Si les médecins ne sont pas tenus à une obligation de résultat – sauver obligatoirement le patient – ils sont assujettis à une obligation de moyens. Ce qui revient à dire : je n'ai pas sauvé le patient, mais j'ai tout mis en œuvre pour parvenir à ce but. Pour répondre efficacement à la question posée par la juge, les experts disposaient de tout un arsenal de moyens. Pourquoi n'ont-ils pas retenu celui de la prise de sang ? Au risque de me répéter, c'était une vérification simple qui aurait balayé toute suspicion. C'est là que se situe la faute grave commise par ces spécialistes : ils se sont contentés de rendre des conclusions qui n'étaient que la copie de celles qui avaient été précédemment émises.

Nous ignorions alors que le procès n'interviendrait pas avant une année ! Tout le monde dénonce les lenteurs de la justice, nous en avons été les témoins privilégiés...

Comme je l'ai expliqué, la juge Moitry avait élargi notre droit de visite de deux heures supplémentaires, y compris à notre domicile, mais sous surveillance. Les personnes affectées à cette tâche étaient des travailleuses sociales indépendantes que nous avons attendues comme le messie… et très longtemps… Le 24 juin 2014, deux d'entre elles sont venues chez nous pour surveiller une fois de plus notre façon de nous conduire avec Louna. Le 25 septembre, elles ont rédigé un compte-rendu d'intervention qui mentionnait : « *L'appartement est très bien tenu. Monsieur participe également aux tâches ménagères et à l'éducation des enfants. Très important : le couple fait preuve d'une grande patience auprès des enfants, ne s'énerve pas et explique clairement aux petits ce qu'ils peuvent faire ou ne pas faire. Nous avons constaté que l'assistante familiale accapare Louna. Le carnet de santé n'est pas remis à la maman, il n'y a aucun échange sur la semaine passée malgré les questions de Mme Dietsch. À 17 heures, l'assistante familiale et son mari accueillent la petite avec des bonbons sans se préoccuper de la présence de la maman. Mme Dietsch est obligée de s'imposer gentiment pour dire au revoir à sa fille. Nos interventions nous ont permis de constater que la relation mère-enfant est très forte, les échanges par le jeu et les câlins se font naturellement.* »

Difficile de rédiger un rapport plus favorable, mais il s'est perdu dans la nature : il n'a jamais été transmis à la juge pour enfants, ni au juge d'instruction. Une fois ce rapport confié aux services de l'Aide sociale à l'enfance, ces derniers ont traîné et, finalement, se sont bien gardés de le faire suivre. À la stupéfaction des juges qui n'avaient pas pu en prendre connaissance, c'est moi qui le leur ai remis à l'audience.

Ces deux travailleuses sociales, très professionnelles, ne cherchaient pas à créer un lien affectif avec nous et se rendaient compte que par moments nous trouvions leur présence pesante. Entre-temps, la juge d'instruction avait diligenté de nouvelles expertises. Après nous avoir brièvement écoutés, les spécialistes s'étaient rangés aux avis de leurs confrères et avaient conclu que les violences sur Louna avaient été causées par un tiers et étaient non accidentelles. Rien de nouveau sous le soleil, mais là on a pris peur. On s'est dit : il faut vraiment réagir, sinon on va finir en taule ! Nous devions apporter la preuve irréfutable de notre innocence et il n'y avait qu'un moyen d'y parvenir… Nous nous sommes entretenus avec le professeur Gisèle Kanny, qui s'occupait de Sabrina. Elle savait que nous avions désormais un fils, alors âgé de dix-huit mois. Nous avions remarqué que Léo, contre toute attente, commençait à présenter des signes de la maladie : un œdème à la paupière, des plaques qui apparaissaient et repartaient. Assumant ce qu'elle avait toujours préconisé, le professeur Kanny a accepté de le dépister ainsi que Louna. Le rendez-vous a été fixé en juillet 2014, un jour de visite à domicile de la petite. Nous n'avons pas pris les travailleuses sociales en traître, nous les avons prévenues. L'une d'entre elles nous a accompagnés au CHU Brabois, à Nancy, dans le service de pédiatrie, celui-là même qui nous avait signalé à la justice. Nous n'avions pas le choix, ça ne pouvait pas être ailleurs. Pourquoi la travailleuse sociale n'a-t-elle pas immédiatement alerté le service de l'ASE auquel elle devait rendre des comptes ? Pourquoi leur a-t-elle téléphoné le soir, une fois l'examen terminé ? Nous ne le savons pas, mais de toute façon nous avions l'autorité parentale : donc, notre décision était souveraine. C'est une consœur du professeur Kanny qui a effectué les deux prises de sang ; ensuite les échantillons sont partis à Grenoble dans le seul laboratoire en France faisant de la recherche génétique et biologique sur cette maladie. Nous attendions les résultats depuis un mois quand le professeur Kanny nous a convoqués. Sur le moment, elle ignorait que sa consœur nous avait appelés. Il n'y avait aucun doute : Louna et Léo étaient porteurs de la maladie ! Cette révélation a fait l'effet d'une bombe pour Sabrina. Quant à moi, c'est comme si j'avais reçu un coup de cravache. Nous étions confrontés dans le même temps à une très bonne nouvelle et à une très mauvaise : notre culpabilité allait peut-être voler en éclats, mais nos enfants étaient tous deux atteints d'une maladie incurable. Malgré cette menace qui planait sur leur avenir, en quelques secondes nous sommes passés de l'accablement à un enthousiasme délirant. Nous étions vraiment remotivés. Quelle revanche nous allions prendre, quelle gifle pour tous ceux qui nous avaient accusés aveuglément ! J'ai aussitôt téléphoné à l'Aide sociale à l'enfance et je leur ai faxé les résultats ; j'ai procédé de la même façon avec la juge d'instruction et la juge pour enfants. Nous étions transportés de joie, nous nous disions : et toc, prenez-vous ça dans... la tête !

Comme si c'était trop beau pour qu'il n'y ait pas une ombre au tableau, nous apprenons peu après que la juge pour enfants, Mme Moitry, est mutée ! Avant de quitter ses fonctions, elle a rédigé une note à l'intention de son successeur en lui recommandant de continuer à nous ouvrir les droits. Nous avons désormais affaire à M. Bocciarelli-Ancel. Une audience est prévue avec lui en septembre 2014, pour statuer sur notre droit de visite, et éventuellement le supprimer ou l'élargir. Avant cette échéance, il y a eu une confusion dramatique dont nous avons fait les frais.

Une petite fille qui, à quelques mois près, a le même âge que Louna et quasiment les même nom et prénom, est examinée par les spécialistes du CAMS, le centre d'action médico-social. Ils attestent qu'elle est en urgence absolue et court un grave danger, car elle se trouve dans un état psychologique désastreux. Aussitôt le CAMS prévient le juge pour enfants, mais il commet une erreur grossière. À la suite d'une confusion de dossiers, les responsables envoient celui de Louna au lieu de celui de cette petite fille. Le juge, pensant que le rapport psychologique concerne Louna et qu'il faut la mettre à l'écart de tout élément perturbateur, en particulier de ses parents, nous supprime le droit de visite pendant deux mois. Cette erreur du CAMS était-elle vraiment accidentelle ? L'homonymie était-elle bien réelle ? J'ai cherché partout : de près ou de loin, je n'ai jamais retrouvé un nom et un prénom similaires à ceux de Louna... L'histoire ne nous concernait en rien, même si nous avons dû en subir les conséquences. Bien sûr, après rectification, le responsable de l'ASE qui appliquait la décision du juge nous a écrit une lettre pour nous présenter de plates excuses. Pour lui, comme pour le juge et le CAMS, l'erreur était regrettable, mais une simple bévue ne prêtant pas à conséquence. Évidemment, pour eux, deux mois sans voir notre fille, c'était un détail, une plaisanterie. Nous n'allions pas faire toute une histoire pour un simple problème d'homonymie !

Le 24 septembre 2014, quand nous entrons dans le bureau du juge avant l'audience, nous constatons que les représentants de l'ASE sont présents également, sûrement depuis un bon moment. Je sais que l'association des patients de la maladie a envoyé une lettre au juge pour lui demander de faire évoluer notre situation. Persuadé que le nouveau juge n'a pas connaissance du test effectué sur Louna, je lui ai apporté les résultats. Il les regarde à peine, n'y jette qu'un vague coup d'œil. Il ne veut surtout pas entendre parler de maladie. Mais le pire reste à venir... Non seulement il ne tient pas compte de la note de Mme Moitry, mais en plus c'est un rapport assassin du service d'Aide sociale à l'enfance qui va retenir toute son attention.

Quelques jours après l'audience avec ce magistrat, c'est le choc ! Le rapport du CAMS affirmant que les problèmes psychologiques de Louna étaient réactionnels, le problème douteux de l'homonymie n'étant pas vraiment éclairci et le rapport fielleux de l'ASE ont totalement convaincu le juge Bocciarelli-Ancel. Il ne veut pas savoir si Louna est malade, il s'en moque : il nous sucre tous nos droits ou presque et revient à une visite médiatisée par semaine. Nous sommes effondrés, et il y a de quoi ! Nous payons au prix fort la prise de sang que nous avons décidé d'effectuer. Car c'est bien ça qui mérite une volée de bois vert et des représailles à la mesure de l'offense. Profiter d'une visite à domicile pour procéder à une telle vérification, nous n'en avions pas le droit : il fallait demander la permission, comme on nous l'a rapporté. Depuis le début de cette affaire, nous n'arrêtions pas de demander la permission, d'être compréhensifs, bien polis, bien gentils. Et pour quels résultats ?

Quand on n'a plus rien à perdre, on a tout à gagner... Nous refusons désormais de nous laisser abattre et repartons à la charge. Nous faisons des pieds et des mains pour qu'en cas de crise Louna soit traitée avec du Berinert, le seul médicament susceptible de lui sauver la vie. Puis nous partons pour le CHU de Grenoble, afin de consulter la pédiatre de référence. Elle nous dit avoir entendu parler de notre histoire, mais s'être gardée d'intervenir avant d'être mandatée. Puisque nous sommes là à cette intention, elle décide, comme nous, de prendre le taureau par les cornes et de dénoncer le danger que court notre petite fille. Un danger bien réel, car malgré toutes nos tentatives et celle de l'assistante sociale du CHU de Grenoble qui l'a appelée pour essayer de lui expliquer la situation avant de se faire raccrocher au nez, Mme Creutzer a toujours refusé de rencontrer les médecins. Qu'ils se mêlent tous de leurs affaires, pas des siennes ! La meilleure spécialiste de France de la maladie pouvait s'occuper de Louna, et ça lui était interdit. Nous étions indignés !

Comme nos actions se révèlent insuffisantes, en décembre 2014 nous décidons de déménager à nouveau et de nous établir à Rambervillers, dans les Vosges. Nous n'avons plus peur de rien et ce déménagement est strictement tactique. Évidemment, nous ne dévoilons pas notre plan au juge pour enfants et prétextons qu'il s'agit d'un rapprochement familial. Les parents de Sabrina vivent dans la région et elle souhaite se rapprocher de sa maman qui, elle-même, souffre de ne pas voir son petit-fils… Nous n'en pouvions plus d'avoir affaire à des responsables et à des juges qui n'écoutaient rien et rassemblaient leurs forces pour mieux nous enfoncer. Au mois de janvier, nous demandons donc au juge pour enfants de se dessaisir du dossier et de dessaisir également l'ASE de Meurthe-et-Moselle, en faveur de celle des Vosges. Mais

M. Bocciarelli refuse ! Mieux, il nous rétorque que notre déménagement n'est pas une raison suffisante pour tout bouleverser : si nous voulons voir Louna, nous n'avons qu'à avaler les kilomètres. Il suffit de faire des allers-retours : 200 kilomètres à chaque visite, on n'en meurt pas ! Léo ? Il ne voit pas où est le problème, on l'embarque avec nous !

Plus aucun obstacle, plus aucun refus ne nous barre la route. Nous contre-attaquons le mois suivant. Le 2 mars 2015, nous portons plainte contre l'Aide sociale à l'enfance pour mise en danger de la vie d'autrui. Elle s'entête, en refusant de prendre en charge Louna sur le plan médical. La plainte est classée sans suite, faute de preuves... Pas grave ! Nous réitérons notre plainte en écrivant au procureur de la République et en lui envoyant des pièces à conviction : résultats de la prise de sang de Louna, brochures médicales explicitant la maladie. Nous mentionnons que l'ASE, malgré les éléments que nous lui avons fournis, refuse tout traitement pour la petite. À nouveau, le procureur classe la plainte sans suite !

Aux abois, nous décidons de contacter l'Agence régionale de la santé (ARS). Nous leur expliquons que Louna est en grand danger puisque l'ASE refuse qu'elle ait son traitement d'urgence et se rende le 20 mars 2015 à

Grenoble pour sa consultation. Dieu merci, l'ARS va rentrer en contact avec l'ASE et mettre les points sur les i. Louna pourra se rendre à sa consultation et bénéficier des traitements dont elle a tant besoin.

Nous étions comme des coureurs à la fin d'un marathon, portés par une foule qui les pousse à aller plus loin, plus fort. À notre arrivée dans les Vosges, nous étions allés consulter un jeune médecin généraliste, Guillaume Gaudin, qui s'était révélé très humain. Il avait vite compris qu'avec ces épreuves répétées, nous étions très fragiles et passions par des épisodes dépressifs de plus en plus fréquents. Il nous a adressé au CMP, le centre médico-psychologique de Rambervillers. Nous nous y sommes rendus pour y rencontrer deux infirmières formées en psychiatrie. Nous avions rendez-vous avec elles deux fois par semaine, et elles nous apportaient une aide précieuse. Non seulement elles nous écoutaient, mais en plus elles nous conseillaient. Ces entretiens nous ont redonné un certain équilibre, et surtout de l'énergie. Quand nous nous heurtions à un refus, au lieu d'être découragés, nous nous jetions de nouveau dans la bagarre. La conscience du danger que courait Louna nous faisait franchir tous les obstacles. Nous craignions tant qu'elle succombe lors d'une crise, que nous avons tenté l'impossible.

Quitter définitivement Saint-Max ne nous a laissé aucun regret. Dans cette ville, nous nous sentions harcelés. L'assistante sociale avait « bavé », et les bruits de couloirs étaient en effervescence. Le maire, qui à une époque m'avait demandé de faire partie du conseil municipal, nous a convoqués pour nous expliquer que nous étions nocifs pour la commune : des rumeurs s'amplifiaient, colportant que nous étions des bourreaux d'enfant. Ma fille Lysa était scolarisée juste à côté de notre domicile : quand nous allions la chercher, les enseignants détournaient la tête pour ne pas nous dire bonjour. Les flics nous guettaient, notant nos déplacements, les numéros de nos plaques d'immatriculation. Après nos gardes à vue, nous avions bien senti que nous étions surveillés : bizarrement, il y avait de la lumière dans un appartement en face de chez nous, pourtant vide depuis longtemps. On se sentait épiés par la brigade des mineurs, mais c'était à chaud, pas des années après. Là, la surveillance était omniprésente et n'arrangeait rien : tout le monde savait que nous étions sur le gril… L'heure était venue de changer d'air, d'aller voir ailleurs si l'herbe était plus verte !

Puisque le juge pour enfants de Meurthe-et-Moselle ne voulait pas se dessaisir de notre dossier et soutenait l'Aide sociale à l'enfance, nous avons fait appel de sa dernière décision et de son refus de dessaisir l'ASE de Meurthe-et-Moselle et lui-même au profit des Vosges... Nous sommes arrivés à l'audience avec un dossier en béton et en connaissant notre partition sur le bout des doigts. La représentante de l'ASE ne touchait pas terre. Nous nous sommes défendus non seulement sur le fond, mais aussi sur des détails sans grande importance et pourtant si révélateurs. Il arrive qu'un exemple frappant fasse plus pour la défense qu'une longue plaidoirie... Nous avons rapporté que notre fille, qui allait avoir trois ans, était arrivée à la visite avec les cheveux coupés à la garçonne alors qu'elle les avait longs la semaine d'avant. Trop difficiles à démêler, s'était justifiée l'assistante familiale qui n'avait pas jugé bon de nous demander notre avis... Il y avait aussi le dossier, si épais, si plein de rebondissements, si nourris d'erreurs en tout genre que le président et ses assesseurs n'ont pu s'empêcher de les dénoncer. L'avocate générale n'a pas été en reste :

– Il est temps de laisser tranquilles M. Bombarde et Mlle Dietsch. À un moment, il faut que la justice reconnaisse ses erreurs et fasse amende honorable.

Au terme de son réquisitoire, logique avec elle-même, l'avocate générale a demandé que l'Aide sociale à l'enfance de Meurthe-et-Moselle soit destituée au profit de celle des Vosges. Deux semaines après l'audience, le jugement que nous attendions avec impatience est tombé. Nous avions gagné ! Le juge Bocciarelli n'était plus autorisé à prendre de décision dans le dossier : le juge pour enfants d'Épinal devait prendre le relais. L'ASE de Meurthe-et-Moselle était dessaisie, Louna allait dépendre des Vosges ! Même si cette victoire nous comblait, nous savions que, moins d'un mois plus tard, nous allions avoir à subir une tout autre épreuve : le procès devant le tribunal correctionnel qui allait décider si nous étions coupables des faits reprochés...

SABRINA

– 19 –

Face aux juges !

Il y a maintenant trois ans et huit mois que Louna nous a été enlevée. On m'a volé ses premiers mots, ses premiers pas, je ne me suis pas levée la nuit pour la consoler et la prendre dans mes bras, la serrer contre moi. Je ne sais rien de ses préférences, je n'ai pas mis de bougies sur ses gâteaux d'anniversaire. Le jour de la fête des Mères, Louna n'a jamais couru vers moi pour m'embrasser. Chaque Noël, je reçois une photo d'elle près du sapin. Une consolation dérisoire, une blessure de plus : ma fille est loin et ce n'est pas mon sapin. Je n'ai pas disposé de cadeaux à son pied, je ne l'ai pas décoré : une étrangère l'a fait. Une femme dure et intraitable qui n'a pas d'amour à donner, alors que mon cœur en est plein. C'est un calvaire, je n'en peux plus, c'est inhumain.

Le 22 juin 2015, je suis arrivée au palais de justice de Nancy avec Yoan, et avec toutes ces rancœurs et ces peines accumulées. Lui était gonflé à bloc, prêt à en découdre et à ne rien lâcher. Moi, j'avais du mal à surmonter mon angoisse. Toute notre vie dépendait de cette audience et de la décision que les juges allaient rendre. Depuis des mois, nous fourbissions nos armes et peaufinions notre dossier. Nous avions sollicité la pédiatre du CHU de Grenoble : avec l'adhésion de toute son équipe, elle avait eu le courage de rédiger un rapport qui nous était entièrement favorable, et nous ne la remercierions jamais assez pour cela. Nous ne connaissions pas cette pédiatre : elle aurait pu refuser, ou émettre des conclusions ambiguës ; bien au contraire, elle avait formellement attesté que les symptômes que présentait Louna en arrivant au service des urgences du CHU de Nancy, et par la suite, correspondaient à une crise aiguë d'angiœdème. Elle avait souligné qu'à un âge non répertorié jusque-là, cette crise avait été provoquée par son état infectieux et son anémie. Ce rapport, nous l'avions déjà fait suivre à la cour d'appel des mineurs, ce qui avait sans doute influencé la décision des juges. Maintenant, c'étaient les juges de la chambre correctionnelle que nous devions à tout prix convaincre.

Notre avocat, maître Hélène Strohmann, a apporté avec elle les résultats détaillés de tous les examens que Louna avait subis : les analyses de sang, les analyses biologiques, le scanner, les IRM, et bien d'autres encore. Nous avions fait des photocopies de photos qui me montraient en crise, le visage déformé par l'œdème, et d'autres montrant Léo avec la même déformation à la paupière et des plaques violacées comme les miennes. Nous nous étions démenés pour fournir aux juges des pièces à conviction irréfutables. Cette fois, nous croyions dur comme fer à la reconnaissance de notre bonne foi. Pourtant, nous savions que ce n'était pas gagné. Notre avocate avait bataillé pendant des heures avec sa consœur qui représentait les intérêts de l'Aide sociale à l'enfance. Elle ne voulait pas se déplacer ce jour-là : le procès aurait alors été renvoyé à une date ultérieure. Curieusement, ce service était juge et partie. Juge parce qu'il gérait le placement de Louna, et partie parce qu'il se portait partie civile à l'audience. D'ordinaire, c'est une association qui représente les intérêts de l'enfant ; là, non. Le procédé n'était pas illégal, mais les dés étaient pipés. Finalement, l'avocate de l'ASE avait accepté de se déplacer, mais en fin de journée : voilà pourquoi, avant le commencement de notre procès, nous avons vu défiler toutes les affaires déjà jugées.

C'était la première fois que j'assistais à une audience correctionnelle. La majorité des délits concernait des vols. Certains accusés comparaissaient libres et témoignaient à la barre ; d'autres venaient de la maison d'arrêt et pénétraient dans le box menottes aux poignets. J'entendais leurs explications embarrassées, ou au contraire convaincantes, je voyais leurs avocats donner de la voix et faire des effets de manches. Je découvrais un monde inconnu... Le président n'avait pas la réputation d'être un tendre et il n'hésitait pas, d'une voix cassante, à fustiger les mensonges ou les déclarations incohérentes.

Après une longue attente, enfin notre affaire a été appelée. Avec Yoan, nous nous sommes placés face aux juges. Les photos retenaient particulièrement leur attention et ils cherchaient à en savoir plus sur le cheminement de la maladie. Les magistrats nous écoutaient très attentivement, prenaient les pièces en main, comparaient les clichés, se référaient à l'attestation de la pédiatre. Après avoir relaté les faits, le président a donné la parole à l'avocate de la partie civile, puis le substitut du procureur s'est lèvé pour prononcer son réquisitoire. Nous nous interrogions sur la peine qu'il allait réclamer. Son rôle était prépondérant : il représentait les intérêts de la société, et les juges ne perdaient pas un mot de son argumentaire. Sa voix a résonné dans la salle :

– Effectivement, je dois reconnaître qu'il existe des éléments troublants qui font vraiment penser à cette maladie. On peut me rétorquer que la prise de sang est une preuve irréfutable, mais...

J'ai blêmi. Ça y était : comme le juge pour enfants, il allait nous dire qu'elle avait été réalisée illégalement, que nous n'aurions pas dû profiter de la visite à domicile de Louna. J'étais anéantie...

– Au lieu que ce soit les parents de cette petite fille, j'aurais aimé que ce soit nous, la justice, qui la diligentions.

En nous regardant droit dans les yeux, il a ajouté :

– Si ça avait été le cas, j'aurais pu affirmer qu'on ne vous relaxe pas au bénéfice du doute, mais parce que la vérité a été faite !

Je ne voyais pas bien où il voulait en venir. Il ne demandait pas une condamnation mais ne parlait pas d'innocence pour autant. Le jargon judiciaire a des subtilités qui restent souvent obscures pour qui n'appartient pas au sérail... Notre avocate, maître Strohmann, a brillamment plaidé notre cause, puis le président nous a interrogés une dernière fois et nous avons dit tout ce que nos avions sur le cœur. Je pensais que le président et ses assesseurs allaient rendre immédiatement leur verdict, mais l'affaire a été mise en délibéré. Il nous fallait attendre une heure avant de connaître la sentence. Jamais la salle des pas perdus n'avait aussi bien porté son nom. Incapable de rester tranquille, je l'arpentais de long en large. Le temps semblait figé, les aiguilles de l'horloge refusaient d'avancer. Il était tard et il n'y avait plus personne aux alentours de la chambre correctionnelle. Et puis, nous avons entendu la voix forte du greffier nous informer :

– L'audience est reprise !

Nous nous sommes de nouveau placés devant les juges, encadrés par notre avocate et celle de l'Aide sociale à l'enfance. Comme elles m'ont semblé longues, les secondes qui ont précédé l'énoncé du verdict !

– Le tribunal correctionnel a statué, a dit le président. Monsieur Yoan Bombarde et mademoiselle Sabrina Dietsch, vous êtes relaxés.

J'ai eu un moment de flottement. Sur le moment, je n'ai absolument pas compris. Je croyais que le président allait continuer, mais je l'ai vu rassembler ses dossiers et, comme ses assesseurs, se lever. Maître Strohmann affichait un grand sourire. Je me suis tournée vers elle et je lui ai glissé :

– Mais qu'est-ce que ça signifie exactement ?

– Votre innocence est reconnue, c'est fini !

J'en suis restée abasourdie. Alors ça y était... Après toutes ces années de bagarre au couteau, Louna revenait vivre avec nous ! Après la sidération, une vague d'émotion m'a submergée. Si puissante que j'ai éclaté en sanglots. Ma joie était indescriptible. Le président et les assesseurs, qui n'avaient pas encore quitté la salle d'audience, m'ont regardée pleurer. Il nous semblait qu'ils étaient heureux d'avoir été les artisans de cette œuvre de justice, d'avoir corrigé une dramatique erreur. En sortant dans la salle des pas perdus, deux personnes qui avaient assisté à toute l'affaire se sont dirigées vers nous pour nous féliciter. L'avocate nous a alors mis en garde :

– J'espère que ça va passer, mais le procureur de la République a quinze jours pour faire appel a minima. Il a donc deux semaines pour exiger ou non que vous soyez rejugés lors d'une nouvelle audience. Avec lui, c'est presque systématique. Alors, ne vous emballez pas...

Des journalistes qui avaient assisté au procès nous ont rejoints. Ils avaient été étonnés que l'avocate de la partie civile ne demande pas de condamnation, mais uniquement le versement de dommages et intérêts. Quand on emploie toute sa force de persuasion pour prouver une culpabilité, logiquement, on évoque la nécessité d'une peine à la hauteur des faits reprochés. Si on s'en abstient, c'est parce que le dossier est pauvre en éléments à charge. Nous le répétions depuis des années, sans être écoutés...

Nous avons compté les jours qui nous séparaient d'un éventuel appel du procureur. L'un chassait l'autre, mais nous n'étions pas rassurés. Et puis, le 8 juillet 2015 au matin, nous avons enfin pu respirer : la justice proclamait officiellement notre innocence ! Dès le lendemain, nous avons appelé Christophe Gobin, un journaliste de *L'Est républicain*, pour l'informer. Nous nous étions déjà entretenus avec lui auparavant. Nous lui avions fourni tous les dossiers sociaux et judiciaires quelques mois avant notre passage devant le tribunal correctionnel. Nous lui avions promis de le tenir au courant. Il n'était pas le seul journaliste à suivre de près notre affaire. Nous en avions contacté d'autres dès le mois de mars, mais la plupart nous avaient dit qu'on les sollicitait trop tard : nous aurions dû leur parler bien avant. Pour publier un article, les journalistes étaient obligés d'attendre qu'un nouvel événement, heureux ou dramatique, remette notre histoire à la une de l'actualité. Nous étions enfin le jour J. Le 9 juillet, notre histoire se retrouvait à la une de *L'Est républicain* et de tous les quotidiens régionaux.

Même si nous étions complètement dédouanés, le placement de Louna n'était pas révoqué pour autant. Il était d'une durée d'un an et, le temps que les modalités de transfert des dossiers soient mises en place, nous dépendions toujours du juge et de l'Aide sociale à l'enfance de Meurthe-et-Moselle. Nous avons contacté ses responsables pour les prévenir du jugement qui venait d'être rendu et ils nous ont répliqué :

– Ce n'est pas parce que vous êtes relaxés par le tribunal correctionnel que vous êtes innocents. Vous n'êtes plus redevables vis-à-vis de la justice, mais le pouvoir décisionnaire revient au juge. Il est libre de prendre les décisions qu'il veut !

En entendant cette aberration, j'ai pensé : si ça, ce n'est pas de l'acharnement, alors qu'est-ce que c'est ? Mes espoirs de retrouver très vite Louna s'effondraient. Yoan, lui, n'avait rien perdu de son mordant. Il a demandé à avoir au téléphone le directeur de l'ASE des Vosges qui, désolé, lui a dit :

– Je suis désespéré par votre affaire. Vu la lourdeur du dossier, je n'avais vraiment pas envie d'en hériter. Une décision de justice a été prise par rapport au placement de votre fille, et je suis bien obligé de la faire appliquer. Je ne peux pas décider de lever ce placement, mais sachez que je suis avec vous.

Fort de ce soutien, nous avons rédigé une lettre où nous demandions l'ouverture progressive des droits au juge pour enfants d'Épinal. Nous n'ignorions pas que le retour de Louna à la maison ne pouvait se faire brutalement. Pour ne pas la désorienter, il y avait des paliers de décompression à respecter : elle devait s'habituer progressivement à sa nouvelle vie. Après avoir reçu l'accusé de réception de notre courrier, Yoan a téléphoné aussitôt à la greffière qui lui a répondu :

– Le juge part en vacances dans une semaine. Il ne traitera pas votre dossier avant cette échéance, et comme il ne revient qu'à la fin du mois d'août, je vous fixe une audience pour son retour. Toutefois, je vous préviens : il ne voit pas l'intérêt d'ouvrir les droits. C'est une décision qu'il ne prendra pas.

Comme je n'étais pas du tout en forme, nous demandions simplement au nouveau juge pour enfants qu'il nous accorde une visite à domicile. Ce n'était pas une requête déraisonnable et pourtant il la refuserait ! Yoan a alors appelé le directeur de l'ASE, M. L'Huillier, mais il était déjà en vacances. En désespoir de cause, le 13 août 2015, il est parvenu à joindre l'assistante sociale qui ne voulait pas avoir d'ennuis et assumer la responsabilité d'une modification des droits. Yoan l'a imploré :

– C'est une décision catastrophique ! Sabrina est très malade, elle a besoin de voir Louna, et la petite a besoin d'elle aussi.

– C'est ennuyeux, mais je dois respecter les injonctions de la justice. Je le regrette, mais tant qu'elle est malade, elle ne pourra pas voir sa fille.

C'était le jour de la visite médiatisée. J'ai rassemblé mes dernières forces et j'ai décidé d'y aller. Louna n'avait pas changé de famille d'accueil, elle résidait toujours au même endroit et c'est l'assistante familiale qui l'amenait. Yoan m'a dit :

– Maintenant, nous avons atteint un point de non-retour. On passe aux choses sérieuses, on récupère définitivement Louna et on fonce avec elle se terrer chez nous !

Ce n'était pas prémédité, nous n'y avons pensé qu'une demi-heure avant la visite. On savait qu'on risquait gros : être poursuivi pour soustraction de mineur, ce n'est pas une mince infraction. Mais c'était quitte ou double, nous n'avions plus le choix. Trois ans et huit mois que tous ces gens m'avaient volé Louna.

Ils avaient détruit nos familles, nous avaient dressé les uns contre les autres. Je ne supportais plus d'être une mère orpheline de son enfant. Si le juge refusait d'aménager le droit de visite, nous devions encore attendre un an que le placement soit modifié. Louna aurait alors cinq ans ! C'était impensable, insupportable, je ne pouvais l'accepter. Une exigence absolue, une fièvre me brûlaient le corps et l'esprit. Comme une litanie, je répétais à Yoan : « Qu'importent les conséquences, il faut absolument y aller ! » Notre principale crainte était que l'assistante sociale nous enferme dans la pièce pour nous empêcher de nous sauver avec Louna, mais la façon dont tout allait se dérouler n'avait plus d'importance : on verrait bien !

Nous nous sommes garés sur le parking du centre et Yoan a pris la précaution de ne pas verrouiller les portes, afin de gagner du temps au retour. Nous avons pénétré dans le bâtiment, il tenait Léo dans ses bras, suivi par Lysa dont nous avions la garde ce jour-là. J'ai fondu en apercevant les boucles d'or de Louna et ses petits yeux mutins. Sans perdre une seconde, je l'ai prise dans mes bras et l'ai tenue fermement contre ma poitrine. Yoan qui, au cas où ça tournerait mal, ne voulait pas qu'on soit accusés de tout et n'importe quoi, filmait toute la scène avec son portable. Nous avions de très bonnes relations avec l'Aide sociale à l'enfance des Vosges, mais nous étions conscients de les mettre en difficulté : alors, autant garder un témoignage imparable de notre action de commando. L'assistante sociale, qui avait refusé notre demande de visite à domicile, a surgi et surpris Yoan en train de filmer. Horrifiée, elle a fait tomber son téléphone et a remarqué que je me dirigeais vers la sortie. Elle a hurlé :

– Qu'est-ce que vous faites ? Revenez ici ou j'appelle la police !

Elle a tenté de m'arracher Louna qui s'agrippait à moi. Que devait-elle penser de ces deux femmes qui tiraient chacune de son côté pour essayer de l'emporter ? Yoan est intervenu :

– Calmez-vous, madame ! Nous avons été innocentés par la justice, alors laissez-nous récupérer la petite et rentrer à la maison !

– Ça ne va pas se passer comme ça, je vous préviens, j'appelle les flics !

– Écoutez-moi bien, nous ne fuyons pas à l'étranger, vous le savez, nous habitons juste à côté !

J'étais dévorée par l'angoisse. Avant que l'assistante sociale ait le temps de répondre à Yoan, j'ai pris une grande respiration, serré très fort Louna et couru comme une folle jusqu'à la voiture. Yoan m'a suivie, flanqué de Léo et Lysa.

C'était une fuite éperdue, mon cœur battait à tout rompre, je tremblais. Nous vivions là un moment qui défiait l'imagination : la scène paraissait tirée d'un film d'action. Je pleurais, je criais, je ne savais plus où j'en étais. À toute vitesse, Yoan a fait monter les enfants dans la voiture, il s'est installé au volant et a démarré en trombe. Dans le rétroviseur, on voyait l'assistante sociale, la bouche grande ouverte, gesticuler dans tous les sens et agiter les bras avec des gestes désordonnés. Tout comme moi, elle était à la fois sidérée et survoltée. Il nous a fallu cinq minutes pour atteindre notre domicile. Nous nous sommes engouffrés à l'intérieur comme si nous étions poursuivis par une horde de morts vivants. Yoan a verrouillé toutes les portes, baissé les stores et fermé les volets. En quelques minutes, il a transformé l'appartement en un bastion. Même assiégé par le GIGN, il devait être imprenable ! Puis, sans prendre le temps de souffler, il a appelé la journaliste Laurence Munier qui suivait notre affaire dans les Vosges et lui a raconté ce que nous venions de faire. Il était conscient qu'elle n'allait pas prendre l'histoire à la légère mais rédiger un papier à tout casser, et que tous les journaux régionaux suivraient son exemple. En effet, le lendemain matin, son article était à la une de *L'Est républicain* ainsi que de *Vosges matin*. La médiatisation de notre affaire était notre bouclier, et la réaction de l'opinion publique, notre char d'assaut.

Nous étions barricadés à l'intérieur de l'appartement, persuadés que dans la demi-heure un bataillon ferait irruption. Nous avions récupéré notre fille, c'était notre droit et nous étions décidés à le faire respecter par tous les moyens. Plus rien ne nous effrayait, pas même la venue de cars de CRS. Nous allions nous battre sans concéder un pouce de terrain.

Plus jamais sans toi, Louna ! C'était notre mot d'ordre, notre credo.

YOAN

– 20 –

La force de frappe des médias

Dès que notre voiture a été hors de sa vue, l'assistante sociale a téléphoné au juge pour enfants des Vosges pour le prévenir du rapt scandaleux que nous venions de commettre. Le juge a immédiatement appelé le substitut du procureur : celui-ci lui a répondu qu'il trouverait un arrangement avec l'Aide sociale à l'enfance des Vosges afin de régler la situation dans le calme. Son supérieur, le procureur de la République, lui, ne voyait pas l'histoire du même œil. Il ne partageait pas du tout la mansuétude de son subordonné et le lui a fait savoir sans ménagement.

Le soir du 13 août, nous avons reçu un coup de téléphone de M. L'Huillier, le directeur de l'Aide sociale à l'enfance :

– Monsieur Bombarde, je comprends la situation. Nous ne récupérerons pas la petite à votre domicile. J'espère néanmoins que vous soutiendrez devant la justice notre décision de vous envoyer une assistante sociale deux fois par semaine afin qu'elle vérifie que tout va pour le mieux. Je peux compter sur vous ?

Je lui ai répondu chaleureusement par l'affirmative. Le 24 août, nous étions convoqués à l'audience qui décidait du placement de Louna. Ce n'était qu'une formalité, tous les accords à son sujet ayant été confirmés. L'humanité de M. L'Huillier nous a procuré un énorme soulagement. Il ne voulait pas être mêlé à une injustice et, comme il nous l'avait promis, il faisait tout ce qui était en son pouvoir pour nous épauler. Le 14 août déjà, il avait publié un communiqué dans la presse où il réitérait les termes de nos engagements réciproques. Le procureur a dû s'arracher les cheveux ! Nous avions quand même kidnappé une petite fille, le directeur de l'ASE semblait l'oublier...

La nuit passe, et rien ne bouge du côté des autorités. Méfiants, nous montons la garde au cas où la police nous envahirait pendant notre sommeil. Au matin, la force de frappe de la presse fait la démonstration de sa puissance. *Le Figaro*, *Le Parisien*, *Vosges matin* et *L'Est républicain* ont placardé en une le récit de notre folle équipée. L'opinion publique s'embrase et, le jour même, j'obtiens un rendez-vous téléphonique avec le haut responsable de l'Aide sociale à l'enfance dans le département des Vosges M. L'Huillier. Au lieu de me reprocher notre coup d'éclat, il m'informe de la bienveillance du substitut du procureur : celui-ci lui a affirmé qu'il allait trouver un terrain d'entente avec les services sociaux. La situation est ahurissante. J'imagine le procureur lisant les gros titres des journaux et rongeant son frein en pensant à tous les remous que cette affaire risque de provoquer. Et si des manifestations étaient organisées en notre faveur ? Ce tapage serait très regrettable : l'image de la police, du corps médical, des services sociaux, mais aussi de la justice – surtout de la justice – pourrait être ternie, ce qui serait très contrariant… Le procureur de la République d'Épinal n'a pas vraiment le choix, il décide de ne pas nous poursuivre pour soustraction d'enfant ; mais comme il doit démontrer que son autorité est réelle et que sa fermeté ne l'est pas moins, il rédige des réquisitions destinées au juge pour enfants en lui demandant de les respecter à la lettre. Le procureur accorde le placement de

Louna à domicile, donc chez nous, mais sous surveillance étroite. Une représentante de l'ASE viendra tous les deux jours pour s'assurer du bien-être de la petite fille. Cette exigence nous indiffère : après tout ce qu'on a vécu, c'est peu de chose. Nous ne sautons pas en l'air de joie, mais presque...

Nous ne sommes pas les seuls à lire les journaux. Un gradé de la gendarmerie de Saint-Dié, la ville voisine, découvre, stupéfait, la une de *Vosges matin* : « Ils enlèvent leur enfant ! » Branle-bas de combat dans la brigade, un gradé missionné par le parquet se présente chez nous pour obtenir des explications. Après quelques minutes, il nous lâche sur le ton de la confidence :

– Je ne devrais pas vous le dire, mais le procureur ne vous poursuivra pas et je le comprends...

Comme quoi il y a des gens bien partout, le tout est d'avoir la chance de tomber sur eux...

Si nous n'avions pas médiatisé l'affaire à outrance, si la télévision et les radios n'avaient pas pris le relais de la presse, je suis persuadé que les CRS seraient venus nous déloger de force et que nous serions peut-être encore sous les verrous. Alors je n'ai qu'un mot à dire à tous les journalistes qui ont plaidé notre cause, à toutes les personnes anonymes ou non qui se sont mobilisées en notre faveur : MERCI !

YOAN & SABRINA

Plus jamais deux sans trois !

En refermant ce livre, certains penseront sans doute : « Si j'avais été à leur place, ça ne se serait pas passé de cette façon avec les médecins... Dès le départ, j'aurais fait un scandale ! » Ce genre de réflexion, cela vous vient, à froid, dans votre salon. Quand l'angoisse vous envahit, elle vous empêche de respirer et de réfléchir, votre lucidité disparaît. La peur parasite l'intelligence et paralyse le cerveau. Vous ne savez plus qui a tort, qui a raison. Vous en venez à croire que vous vous trompez peut-être... Vous êtes perdu ! N'importe quel parent qui, comme nous, s'est retrouvé dans un service d'urgence avec un enfant entre la vie et la mort peut le confirmer :

vous êtes dans un tel état de panique que vous ne raisonnez plus. Tout votre être se mobilise autour d'une pensée unique : il faut le sauver ! Dans ce contexte, remettre en question la manière de procéder des médecins, vous n'y pensez même pas. Et puis, il y a toujours une part de risque à déplaire à des personnes qui tiennent entre leurs mains la vie d'un être cher. On ne veut pas prendre les médecins de front, on redoute de les indisposer, au point qu'ils se sentiraient moins concernés et ne seraient plus au maximum de leurs capacités.

Les médecins qui ont soigné Louna avaient tous les pouvoirs, et nous n'en avions aucun. Fallait-il les irriter en leur expliquant ce qu'ils devaient faire ? Qui étions-nous pour leur donner des indications, ou pire, des ordres ? D'autant qu'à cette époque, nous étions très jeunes. À dix-huit et vingt et un ans, il n'est pas évident de contester les décisions d'un éminent professeur aux cheveux blancs. Quand il vous affirme, péremptoire, que cette maladie ne peut pas se déclencher chez un bébé, quels arguments pertinents lui opposer pour prétendre le contraire ou, du moins, instiller le doute dans son esprit ? Nous ne connaissions pas tous les tenants et les aboutissants de cette maladie, nommée à raison « maladie rare ». Si rare que personne, aujourd'hui encore, pas même les plus grands spécialistes, n'en maîtrise intégralement le tableau clinique. Alors, il y a sept ans...

Nous ressentions pourtant un malaise : le corps médical ne nous traitait pas comme il traite d'ordinaire des parents dont le bébé est en danger de mort. Dans la limite du possible, ils les rassurent et les réconfortent. Puis nous nous sommes souvenus de ce que nous avait dit un jour un généraliste lors d'une consultation. Ce n'était pas un ponte, mais un homme de bon sens : il ne pensait pas avoir la science infuse et tenait compte de toute observation susceptible de l'aider. Si ce praticien avait l'esprit ouvert, trop de médecins l'ont étroit et fermé, au point de se sentir remis en question quand vous contestez leur avis et le confrontez au vôtre. Ce médecin nous avait déclaré : « Monsieur Bombarde, parfois il est préférable de passer pour un idiot auprès de certains de mes confrères... Même si ce n'est pas intentionnel, un jour, il y en aura un qui, pour démontrer que vous avez tort et qu'il a raison, fera vraiment du mal à l'un de vos enfants ou à votre femme. »

C'est vrai : les médecins doutent rarement de la pertinence de leur diagnostic. Quand on se retrouve avec une cheville énorme à cause d'une articulation déformée par l'œdème, même si on explique qu'il s'agit là du symptôme d'une maladie rare, que les vaisseaux et les muqueuses ne sont pas imperméables et diffusent des fluides qui s'accumulent, le docteur refuse d'en convenir. Pour lui, la cheville est cassée ! Il impose d'ailleurs d'effectuer immédiatement une radio qui va le confirmer. Pas la peine de répéter qu'il n'y a pas de fracture, mais du liquide qui gonfle les tissus, il n'en démord pas : « Non, ce n'est pas possible, c'est forcément cassé ! »

Même chose quand, pendant l'enfance, on est opéré de l'appendicite en raison de douleurs épouvantables dans le ventre. Avec le recul, il est facile de comprendre qu'il s'agissait d'une poussée abdominale de la maladie. Et pourtant, faute d'avoir identifié la cause de l'affection, l'histoire s'est soldée par quatre heures passées sur une table d'opération. Quelle tête a faite le chirurgien quand, après avoir enfin déniché l'appendice dans cet abdomen distendu, il l'a trouvé normal ? Il l'a sans doute retiré, histoire de ne pas avoir ouvert pour rien, ou alors il a refermé sans s'expliquer la présence de toute cette eau dans le ventre... Comme on s'en doute, ces exemples sont issus du vécu. Ils démontrent que les médecins non spécialistes sont incapables de poser un diagnostic dès qu'il s'agit d'une maladie orpheline. À défaut de la connaître, ils vous prêtent tout et n'importe quoi. Bien sûr, vous bataillez pour qu'ils entendent votre vérité, mais que pèse votre avis même pas autorisé ? Aux yeux de très nombreux médecins, vous n'êtes qu'un petit, un sans-grade : vous ne jouez pas dans la cour des grands, celle des diplômés de la faculté. Alors, tout ce que vous pouvez raconter…

En admettant que vous ayez une chance infime que vos arguments soient entendus, en revanche, pour les juges et l'Aide sociale à l'enfance, la parole des spécialistes est parole d'Évangile. Autant les conclusions des psychiatres en cour d'assises sont rarement prises en compte quand elles profitent à l'accusé, autant celles émises dans le cadre du principe de précaution et concernant un enfant font autorité. Ce sont les piliers sur lesquels la police et la justice s'appuient pour forger leurs convictions et, dans un second temps, diligenter les poursuites. La certitude d'un médecin, même quand elle est erronée, a un effet boule de neige. Quand un professeur affirme qu'un bébé a subi des actes de maltraitance, il délimite le cadre de travail des psys. Et ces derniers vont davantage chercher à confirmer cette option qu'à la remettre en question. À partir de là, la machine judiciaire se met en branle. Forte de conclusions soi-disant incontestables, la police cherche à tout prix à obtenir des aveux. La présomption d'innocence ne prédomine plus, la présomption de culpabilité a pris le dessus. Quant au juge d'instruction, comme on l'a vu dans notre affaire, nourri de rapports accablants, il oriente son enquête à charge bien plus qu'à décharge. À ce stade, toute la chaîne des magistrats se mobilise. Les arrêts rendus par le juge pour enfants cimentent la conviction du procureur, qui à son tour prend des mesures coercitives. Quant à l'Aide sociale à l'enfance, comment pourrait-elle se démarquer de l'autorité judiciaire, alors que sa première mission est d'appliquer les décisions de justice...

Si on résume : un professeur de médecine, au sujet d'une petite fille dont il a la charge, conclut à des violences non accidentelles. Les psys examinent cet enfant, constatent qu'elle présente des troubles psychologiques et les attribuent à un choc réactionnel suite aux maltraitances subies. La brigade des mineurs, qui a pris connaissance de ces avis, se démène pour que les suspects reconnaissent les faits. Les juges ont désormais trois corps constitués qui se prononcent en faveur de la culpabilité : logiquement, ils leur emboîtent le pas... Et nous avons été entraînés comme des pantins désarticulés dans cette spirale infernale. Une lame de fond nous a conduits au bord du gouffre, pourrissant plus de cinq années de notre vie. Même quand nous avons récupéré définitivement Louna, les problèmes ne se sont pas évanouis comme par enchantement. Par la suite, nous avons dû supporter des assauts répétés pendant une année encore... Alors que, chaque semaine, une assistante sociale venait s'assurer que Louna était bien traitée, le juge pour enfants a estimé cette mesure insuffisante. Il a suivi les réquisitions du parquet d'Épinal, et mandaté la Protection judiciaire de la jeunesse. Nous avions donc désormais la visite régulière d'une éducatrice dont la mission était de vérifier comment nous nous comportions avec la petite. Nous avons demandé à la cour d'appel des mineurs d'abroger ces surveillances. Dans un premier temps et parce que M. L'Huillier, le directeur de l'ASE ne s'y opposait pas, nous n'avons plus eu affaire à l'assistante sociale. Mais toutes les mesures n'ont été levées que le 16 juillet 2016 : alors seulement, nous avons enfin pu mener une vie normale avec notre petite Louna.

Avec le recul, comment ne pas conclure que certains ont très mal encaissé que nous nous en sortions aussi bien ? Est-ce parce que nous étions parvenus à démontrer qu'à tous les niveaux les bourdes s'étaient accumulées ? Qu'une erreur médicale avait entraîné des erreurs d'expertise qui, à leur tour, avaient provoqué des erreurs judiciaires, et finalement une cascade d'erreurs de la part des services sociaux ? Toute notre affaire n'a été qu'une succession d'erreurs dramatiques, mais nous ne doutons pas que les médecins et les experts psychiatres ont réussi à retomber sur leurs pieds. Les psys n'ont pas leur pareil, après la catastrophe à laquelle ils ont participé, pour expliquer pourquoi, auparavant, ils se sont plantés. D'ailleurs, cela ne préjuge en rien de leurs erreurs futures : ils sauront à nouveau se justifier, le moment venu...

Nous avons bien failli être broyés par cet étau inhumain. Nous avons dû mettre les mains dans le cambouis pour prouver notre innocence, alors que, normalement c'était à l'enquête de l'établir. Mais qu'y a-t-il eu de « normal » dans toute cette histoire ? Après le retour de Louna, le juge pour enfants d'Épinal – toujours lui – nous a reproché d'avoir médiatisé notre affaire au détriment de l'intérêt de la petite, qui avait avant tout besoin de calme. Si nous n'avions pas flirté avec l'illégalité en faisant dépister notre petite fille, si la presse n'avait pas exercé son contre-pouvoir en passant au crible le dossier et en rendant publiques ses incohérences, si des magistrats moins obtus que les autres n'avaient pas pris le risque de se désolidariser de leurs confrères, où en serions-nous aujourd'hui ? Enfermés entre les quatre murs d'une prison !

Nous nous demandons encore où nous avons puisé la force de résister à l'acharnement des policiers, aux sentences féroces des juges qui se succédaient, à la partialité des services sociaux. S'il est un enseignement à tirer de nos démêlés avec la police, c'est que leurs interrogatoires aboutissent à un véritable lavage de cerveau. Vous êtes lobotomisé et privé de l'état de conscience qui vous permettrait de vous défendre. À ce stade, vous pourriez dire tout et n'importe quoi pour que cette torture morale s'arrête, et signer des aveux rien que pour fuir cette tourmente. Heureusement, le désir de retrouver Louna était si impérieux qu'il nous a donné la force de résister. Mais à quel prix...

Il y a maintenant un an et demi que notre petite fille a retrouvé sa vraie maison, celle qu'elle n'aurait jamais dû quitter. Au départ, il nous a fallu prendre nos marques. Que savions-nous de cette fillette de bientôt quatre ans parachutée dans nos vies ? Nous ne connaissions ni ses goûts ni ses habitudes, et encore moins ses peurs. Nous avons décidé d'apprivoiser Louna, de lui faire accepter son changement de vie en pratiquant la politique des petits pas. Mais le plus délicat, c'était de l'amener à accepter le traitement régulier de sa maladie, à comprendre que ce traitement était un mal pour un bien.

Deux fois par semaine, des infirmiers viennent lui injecter, ainsi qu'à Léo, quatre flacons de Berinert, le précieux médicament susceptible de prévenir leurs crises. Ce rituel que les enfants redoutent s'effectue par piqûres intraveineuses. Comme ils ne s'habituaient pas à ces soins douloureux, les infirmières ont eu l'idée d'utiliser un gaz, le protoxyde d'azote, plus connu sous le nom de « gaz hilarant ». Quelques secondes après son inhalation, il procure un effet euphorisant qui leur permet de se détendre. En cas de crise imprévue, il nous arrivait de nous injecter nous-mêmes ce liquide miracle, mais nous ne le faisions qu'en cas d'urgence. Nous n'avons pas voulu mélanger les rôles. Trois membres de la famille se retrouvent donc confrontés à ces soins hebdomadaires et à d'autres encore, d'ordre psychologique. À 514 euros le flacon et à raison de quatre flacons par personne, pour que nous soyons tous traités, le budget mensuel de ce traitement revient à près de 50 000 euros ! Un laboratoire européen a le monopole de ce médicament pour le monde entier. Comme il y a moins de 1 500 personnes atteintes de cette maladie rare en France, ses responsables ont compris qu'à défaut de le vendre à un prix prohibitif, son rendement économique serait insignifiant sur l'Hexagone. Est-ce pour corriger un possible passif financier que le labo a décidé de le commercialiser aussi cher ? De toute façon, il est impossible de s'en passer. La vie de toutes les personnes terrassées par cette maladie rare ne tient qu'à un fil, et ce fil c'est le Berinert. Alors le spectre d'une rupture de stock est une menace constante. Et si demain le laboratoire considérait que ce médicament n'est pas assez rentable et le retirait du marché, que deviendrions-nous ? Même question concernant une éventuelle modification : il ne suffit pas de garder la molécule active, le choix des excipients est prépondérant. Comme pour le Levothyrox, qui traite les problèmes de thyroïde et s'est trouvé au cœur de l'actualité ces derniers temps, un changement des excipients peut causer des catastrophes. Nous le savons d'autant plus qu'avant de prendre du Berinert, Sabrina se soignait avec du Cinryze, un médicament qu'elle avait dû arrêter. Vu de loin, d'après le laboratoire, ça n'aurait aucune conséquence fâcheuse. Si perdre ses cheveux par poignées est anodin, alors oui, cet avatar était une peccadille…

Quand trois membres d'une même famille sont reconnus invalides à 80 %, le seul à ne pas l'être n'a plus qu'une solution : cesser toute activité et s'occuper vingt-quatre heures sur vingt-quatre de sa nichée. Il ne restait que Yoan pour le faire. Depuis trois ans, il a abandonné tout travail extérieur, et changé de statut. Officiellement, il est devenu aidant familial. En échange, il perçoit une indemnité versée par le conseil départemental. Indépendamment de cette somme, nous percevons une allocation pour adulte et enfants handicapés d'un millier d'euros par mois. Même si c'est bien mieux que rien, ce n'est pas un pactole, et notre situation financière reste sur le fil. D'autant plus que les soins non remboursés par la Sécurité sociale sont nombreux et coûteux. Nous avons remis à plus tard notre rêve de tenir un gîte en montagne où nous accueillerions des enfants malades et leur famille : ce projet qui nous tient à cœur se réalisera tôt ou tard – le plus tôt étant le mieux, bien sûr... Dans l'immédiat, notre prochain challenge est de créer une association pour venir en aide aux familles touchées par la maladie de leurs enfants et victimes de l'injustice des services sociaux et de l'autorité judiciaire.

À chaque fois que nous avons plongé dans les profondeurs d'un gouffre abyssal, nous avons refait surface et sommes remontés plus haut encore qu'avant la catastrophe. Pourquoi cela ne continuerait-il pas ? À une époque, nous cherchions désespérément un logement près de Grenoble. Vu le prix des loyers dans la région, nous n'étions pas loin de renoncer.

Heureusement, pour certaines personnes, le profit n'est pas une motivation. En lisant notre histoire dans un journal et en apprenant que nous devions absolument nous rapprocher du seul centre qui gère la maladie, une famille au grand cœur nous a proposé de nous louer sa maison à un prix en dessous du marché. Maintenant, nous sommes installés là tous les quatre, entourés de montagnes verdoyantes ou, suivant la saison, enneigées. Un havre de paix après les tempêtes qui ont dévasté nos vies.

Le moment était venu de s'ébrouer de tous les tourments qui nous avaient frappés, de faire le point…

Si nous avons pris la décision de témoigner ici, c'est pour évoquer notre calvaire. Si les injustices et les erreurs commises y sont amèrement dénoncées, c'est pour éviter qu'elles se répètent à l'avenir. Notre souhait le plus cher ? Que plus jamais des médecins restent sourds face à la parole de parents qui réclament un examen, surtout aussi simple qu'une prise de sang. Si ceux qui s'occupaient de Louna nous avaient écoutés, un épouvantable massacre familial aurait été évité.

Si nous pouvons apporter notre petite pierre à l'édifice en prouvant que les erreurs médicales et judiciaires ne sont pas des fantasmes, mais bel et bien une réalité ; si nous parvenons à faire vaciller la certitude de tous ceux qui sont convaincus qu'il n'y a pas de fumée sans feu et les persuader que, demain peut-être, ils pourraient se retrouver injustement dans la ligne de mire... alors nous n'aurons pas œuvré pour rien.

À travers ce livre, nous avions aussi à cœur de rapporter notre histoire, afin de redonner de l'espoir à toute personne dans le désarroi ou victime d'injustice. Nous avons été précipités au fond d'un abîme, tenus durant des années à l'écart de notre petite fille. Nous avons subi l'opprobre et le rejet de tous ceux qui, a priori et sans connaissance aucune du dossier, condamnent sans appel. Nous avons erré comme des nomades, été en butte à la méchanceté et à l'acharnement, et frôlé de peu l'incarcération. Et pourtant, malgré de terribles périodes de désespoir, nous n'avons jamais rien lâché ! Pour dépasser les moments de déprime et d'abattement, chacun avait sa botte secrète. Pour l'une, c'était se noyer dans l'amour de ses enfants ; pour l'autre, se fondre dans la musique, sa passion de toujours. À dessein, il a accepté quelques prestations dans des discothèques : le casque vissé sur les oreilles, le beat des morceaux syncopés ou la suavité des mélodies lui faisaient oublier ses soucis. Pour quelques heures, il ne baignait plus dans le drame et les accusations mais retrouvait une certaine sérénité. Il a sans doute alors été le plus performant sur le plan professionnel parce qu'il n'y avait plus pour lui que cette musique : elle était comme un baume sur ses blessures et, en l'emmenant très loin, le rendait intouchable. Mais à part de courts moments de répit, ce qui a vraiment galvanisé nos forces au lieu de les pulvériser, c'est le sentiment d'injustice. Être accusé à tort, c'est si ignoble, ça crée un ressentiment d'une telle puissance que les conséquences des actions entreprises n'ont plus aucune importance. On perd tout instinct de conservation, et on se jette corps et âme à l'assaut d'une citadelle réputée imprenable. Peu importent les coups et les bosses, mettre un genou à terre n'est pas une reddition, mais une invitation à se relever et à rendre coup pour coup.

« Selon que vous serez puissant ou misérable, les jugements de cour vous feront blanc ou noir... » Eh bien, non ! Si on a la volonté chevillée au corps de franchir tous les obstacles, la certitude déraisonnable qu'il est malgré tout possible de l'emporter, on puise dans ses dernières forces pour croiser le fer avec ceux qui veulent nous abattre. Et on les combat jusqu'à les terrasser. Le chemin n'est pas facile, mais jonché d'embûches. Nous ne nous permettons pas de critiquer ceux qui ont trébuché et n'ont pas eu l'énergie de garder le cap et leur motivation de départ. Mais nous espérons que notre exemple donnera la force de se battre jusqu'à la victoire à tous ceux qui doutent de leurs capacités.

Nous y sommes arrivés. Pourquoi pas vous ?

Remerciements

Merci au professeur Gisèle Kanny et aux docteurs Anne Pagnier, Guillaume Gaudin et Martine Guiguemde.

À maître Hélène Strohmann.

À Pierre L'Huillier.

À Maryline, Claude et toute la famille Bernard.

À nos infirmières du CMS de Rambervilliers.

À Florence Segovia.

À Christophe Gobin.

À Laurence Munier.

À Serge Pueyo.

À David Segal.

Et merci à tous les anonymes qui nous ont soutenu depuis le début...

Table des matières

YOAN

1 – Dans la peau d'un bourreau d'enfant 9
2 – Violent un jour, violent pour toujours ? 33
3 – Le chemin de croix 41
4 – Retour à la case départ 51
5 – Face-à-face avec Sabrina 65

SABRINA

6 – Folle, moi ? 71
7 – Parce que c'était lui, parce que c'était moi... 77
8 – L'enfant du miracle 83
9 – Le pouvoir médical... 93
10 – Une odeur de mort 107
11 – Une nuit en enfer 113
12 – Incroyable et pourtant vrai ! 123
13 – Sur le gril de la brigade des mineurs 131
14 – La révélation tardive... 137
15 – La lutte du pot de terre contre le pot de fer 143

YOAN

16 – Le coup de grâce 153

SABRINA

17 – Le calvaire de la séparation 167

YOAN
18 – Le parcours du combattant ... 189

SABRINA
19 – Face aux juges ! ... 217

YOAN
20 – La force de frappe des médias ... 233

YOAN & SABRINA
Plus jamais deux sans trois ... 237

Remerciements ... 253

Composition :

PRESS·PROD

IMPRIM'VERT® PEFC™ 10-31-1510

Imprimé en France
par Corlet Imprimeur
14110 Condé-sur-Noireau
en janvier 2018
N° d'imprimeur : 194672
Dépôt légal : janvier 2018
ISBN : 978-2-7499-3493-8
Code LAF : 2510